DESE

JANICE MAYNARD

Corazón culpable

HARLEQUIN™

Editado por Harlequin Ibérica.
Una división de HarperCollins Ibérica, S.A.
Núñez de Balboa, 56
28001 Madrid

© 2018 Janice Maynard
© 2020 Harlequin Ibérica, una división de HarperCollins Ibérica, S.A.
Corazón culpable, n.º 176 - 18.4.20
Título original: Blame It On Christmas
Publicada originalmente por Harlequin Enterprises, Ltd.

I.S.B.N.: 978-84-1348-347-4
Depósito legal: M-3824-2020
Impreso en España por: BLACK PRINT
Fecha impresion para Argentina: 15.10.20
Distribuidor exclusivo para España: LOGISTA
Distribuidor para México: Distibuidora Intermex, S.A. de C.V.
Distribuidores para Argentina: Interior, DGP, S.A. Alvarado 2118.
Cap. Fed./Buenos Aires y Gran Buenos Aires, VACCARO HNOS.

Capítulo Uno

–¡La respuesta es no!

Mazie Tarleton terminó la llamada, deseando tener un teléfono antiguo para colgar con fuerza el auricular. A sus espaldas, Gina, su mejor amiga y compañera de trabajo, se acabó el último bocado del bollito de canela y se chupó los dedos.

–¿Quién te ha enfadado tanto?

Las dos mujeres estaban en el despacho de Mazie, un rincón al fondo de All That Glitters, la exclusiva joyería de Mazie en el centro histórico de Charleston que a tantos turistas y paisanos atraía.

–Es otra vez la agente inmobiliaria de J.B. dándome la lata –comentó Mazie.

–No te quejes. J.B. te ha hecho una buena oferta por este edificio que se cae a cachos.

–¿De qué lado estás?

Mazie y Gina se habían conocido en el primer curso de la escuela de arte y diseño de Savannah.

Gina conocía el desprecio que Mazie sentía por el empresario más deseable y sexy de Charleston.

–Hay carcoma en el desván y la calefacción es prehistórica, por no mencionar que la cuota del seguro se triplicará en la próxima renovación. Sé que los Tarleton sois muy ricos, pero no por eso tenemos que ignorar una buena oferta.

–Si viniera de otra persona que no fuera J.B. –murmuró Mazie con tensión en los hombros.

Jackson Beauregard Vaughan, el hombre al que amaba tanto como odiaba desde que tenía dieciséis años. Lo detestaba y quería hacerle tanto daño como el que él le había hecho a ella.

–¿Qué es lo que te hizo? –preguntó Gina.

Su expresión de perplejidad era comprensible. J.B. Vaughan era el prototipo de hombre alto, moreno y guapo. Tenía una sonrisa arrogante, brillantes ojos azules y rasgos marcados, además de unos hombros muy anchos.

–Es complicado –murmuró Mazie, sintiendo que le ardía la cara.

Los recuerdos le resultaban humillantes.

Mazie no recordaba ningún momento en el que J.B. no hubiera formado parte de su vida. Mucho tiempo atrás lo había querido como a un hermano. Pero cuando sus hormonas empezaron a enloquecer, lo había visto desde una nueva perspectiva. El baile de primavera de su colegio se había presentado como la oportunidad de jugar a ser adultos. Lo había llamado una tarde de un miércoles del mes de abril. Con los nervios a flor de piel y el estómago encogido, le había hecho la invitación.

J.B. se había mostrado evasivo. Entonces, apenas cuatro horas más tarde, había aparecido en la puerta de su casa. Su padre estaba encerrado en su estudio bebiendo, y Jonathan y Hartley, sus hermanos, habían salido a hacer unos recados.

Así que había sido ella la que había abierto la puerta. Como se había sentido incómoda de invitarle a pasar, a pesar de que ya había estado antes un montón de veces, había salido al porche y le había sonreído con timidez.

–Hola, J.B. No esperaba verte hoy.

Se había quedado apoyado en el poste, en aquella postura tan varonil. En pocas semanas cumpliría dieciocho y sería legalmente un adulto.

–Quería hablar contigo cara a cara. Has sido muy amable invitándome al baile. Me siento halagado.

–Todavía no me has dicho si irás conmigo.

Sintió las manos heladas y empezó a temblar.

–Eres una chica encantadora, Mazie, y me alegro de que seas mi amiga.

No hacía falta que dijera nada más. Era inteligente y sabía leer entre líneas, pero no estaba dispuesta a dejarlo escapar tan fácilmente.

–¿Qué intentas decir, J.B.?

–Maldita sea, Mazie. No puedo ir al baile contigo. No deberías habérmelo pedido. Eres una cría.

–No soy una niña. Soy solo un año más pequeña que tú.

–Casi dos.

Le sorprendió que lo supiera con tanta exactitud. Avanzó unos pasos hacia él. Se había venido abajo, pero no estaba dispuesta a que se diera cuenta de cuánto afectaba a su autoestima.

–No te inventes excusas, J.B. Si no quieres ir conmigo, ten las agallas de decírmelo a las claras.

Él maldijo entre dientes y le apartó un mechón de pelo de la cara.

–Eres como una hermana para mí.

No podía haber dado con una excusa menos convincente. ¿Por qué se empeñaba en levantar muros entre ellos?

Respiraba con tanta agitación que corría el riesgo de hiperventilar. Era evidente que lo había malinterpretado. J.B. no había ido hasta allí aquella noche porque sintiera algo por ella o porque quisiera verla. Estaba allí porque era todo un caballero incapaz de decirle que no por teléfono.

Otra persona se lo habría puesto más fácil, pero Mazie estaba cansada de ser buena. Lo rodeó por la cintura y apoyó la mejilla en su amplio pecho. Llevaba una camiseta azul marino, unos vaqueros desgastados y sus náuticos de piel. Era el clásico James Dean, un chico malo e inconformista.

Cuando lo tocó, todo su cuerpo se puso rígido. Nada se movió, excepto una única cosa, algo bastante abultado. Jackson estaba excitado y como Mazie se había abrazado a él, le era imposible ocultarlo. Sus bocas se encontraron y volcó toda su pasión de adolescente en aquel beso desesperado.

J.B. sabía de maravilla, tal y como había imaginado en sus sueños. Por un momento, se había sentido vencedora. La estrechó contra él y su boca se fundió con la suya. Su lengua se deslizó entre sus labios y acarició el interior de su boca. Las piernas no la sostenían y se aferró a sus hombros.

—J.B. —susurró—. Oh, J.B.

Sus palabras lo sacaron del hechizo en el que había caído. Se apartó tan bruscamente que Mazie dio un traspié. J.B. ni siquiera alargó la mano para ayudarla a recuperar el equilibrio.

Se quedó mirándola, iluminado por la poco favorecedora luz amarillenta del porche. El sol se había puesto y la noche había caído con todos los olores y sonidos de la primavera.

Se pasó la mano por los labios para secárselos.

—Como te he dicho, Mazie, eres una cría, deberías salir con los de tu edad.

—¿Por qué estás siendo tan cruel?

A continuación vio cómo tensaba los músculos del cuello, y los ojos se le llenaron de lágrimas. Pero no iba a permitir que cayeran.

–Creo que hemos terminado con esto. Hazme un favor, J.B. Si alguna vez ocurre un desastre y tú y yo somos los únicos seres humanos que sobrevivimos en el planeta, piérdete.

–Mazie… Hola, Mazie.

La voz de Gina la devolvió al presente.

–Lo siento, estaba sumida en mis pensamientos.

–En J.B., ¿verdad? Estabas a punto de contarme por qué detestas a ese hombre después de tantos años y por qué no quieres venderle este edificio a pesar de que te ofrece tres veces su valor.

Mazie tragó saliva, olvidándose del pasado.

–Me rompió el corazón cuando éramos adolescentes y se portó muy mal. Así que sí, no quiero ponérselo fácil.

–No estás siendo razonable. Olvídate del dinero. ¿Acaso no te ha ofrecido también otros dos locales en una ubicación privilegiada para nuestra tienda? ¡Está dispuesto a hacer un intercambio! ¿A qué estás esperando, Mazie?

–Quiero hacer que se arrastre.

J.B. había comprado todos los metros cuadrados en una franja de dos manzanas cerca de Battery. Tenía planeada una impresionante rehabilitación en aquella zona de la ciudad, respetando las normas de conservación del patrimonio histórico de Charleston. A nivel de calle estarían los comercios, siguiendo el típico estilo sureño. Sobre ellos, la idea de J.B. incluía lujosos condominios y apar-

7

tamentos, algunos de ellos con vistas al puerto. Lo único que se interponía en los planes de J.B. eran Mazie y su local.

Gina agitó la mano ante la cara de Mazie.

–Baja ya de la nube. Puedo entender que quieras vengarte del tormento de tu juventud, pero ¿de veras te vas a cerrar en banda?

–No estoy segura de querer vendérsela. Necesito tiempo para pensar.

–¿Y si la agente inmobiliaria no te vuelve a llamar?

–Lo hará. J.B. nunca se da por vencido. Es una de sus virtudes y también la más detestable.

–Espero que tengas razón.

J.B. se sentó en un taburete y alzó la mano para llamar la atención del camarero. Se había puesto chaqueta y corbata para una reunión. En aquel momento, se había quitado la corbata y llevaba el primer botón de la camisa desabrochado.

Jonathan Tarleton estaba sentado a su lado, tomando agua con gas.

–Tienes mal aspecto –comentó J.B.

–Son estos malditos dolores de cabeza.

–Tienes que ir al médico.

–Ya he ido.

–Entonces, tienes que encontrar otro mejor.

–¿Podemos dejar de hablar de mi salud? Tengo treinta años, no ochenta.

J.B. quería insistir en el tema, pero era evidente que Jonathan no estaba interesado.

–De acuerdo. Tu hermana me está volviendo loco. ¿Puedes hablar con ella?

No quería mencionar la verdadera razón por la que necesitaba ayuda. Mazie y él eran como el agua y el aceite. Ella lo odiaba y J.B. llevaba años tratando de convencerse de que no le importaba. La verdad era muy diferente.

–Mazie es muy cabezota –dijo Jonathan.

–Es una cualidad de los Tarleton, ¿no?

–Tengo el proyecto paralizado porque me está tomando el pelo.

–A mi hermana no le caes bien, J.B.

–Eso ya lo sé. Mazie no quiere hablar de vender. ¿Qué se supone que debo hacer?

–¿Mejorar la oferta?

–¿Pero cómo? No quiere dinero.

–No lo sé. Siempre me he preguntado qué hiciste para enfadarla. Se ve que mi hermana pequeña es la única mujer de Charleston inmune a tus encantos.

J.B. apretó el mentón.

–No tengo tiempo para andar con juegos. Necesito empezar las obras antes de mediados de enero para cumplir lo programado.

–Le gustan los bombones.

Jonathan había hablado en serio, pero J.B. sabía que se estaba burlando de él.

–¿Me estás diciendo que le compre bombones?

–Bombones, flores,… no sé. Mi hermana es una mujer complicada. Es lista como el hambre y tiene un gran sentido del humor, pero también tiene un lado oscuro. Te lo va a hacer pagar caro. Estate preparado para arrastrarte.

J.B. dio un trago a su bebida e intentó olvidarse de Mazie. Todo en ella lo volvía loco, pero no se podía dejar llevar.

Se atragantó y tuvo que dejar el vaso para recuperar la respiración.

Los hijos de los Tarleton eran guapos. J.B. solo recordaba de la madre de Jonathan que era una mujer bella, con un eterno aire triste. Jonathan y Hartley habían heredado la tez morena de su madre, así como sus ojos oscuros y su pelo castaño. Mazie también era morena, pero su piel era más clara y sus ojos de un marrón dorado.

Su hermano llevaba el pelo muy corto y Mazie lucía una melena por el hombro. Solía dejarse caer por casa de los Tarleton en Acción de Gracias, pero ese año había estado ocupado con otros asuntos. Sin darse cuenta, ya estaban en diciembre.

–Seguiré el consejo de los bombones.

–Veré lo que puedo hacer, pero no te aseguro nada. En ocasiones, cuando le sugiero algo, hace justo lo contrario. Ha sido así desde siempre.

–Porque siempre ha querido estar a la altura de sus hermanos y los dos la habéis tratado como a una niña.

–No fue fácil después de que mi madre ingresara en la clínica. La pobre Mazie nunca tuvo un referente femenino. No puedo ayudarte si te lo está poniendo difícil. Solo Dios sabe por qué lo hace.

J.B. sabía por qué, o al menos tenía una ligera idea. Llevaba años bajo el hechizo de un beso que no había podido olvidar, por mucho que lo intentara.

–Seguiré intentándolo. Avísame si encuentras algo que te funcione.

–Haré lo que pueda, pero no te hagas demasiadas ilusiones.

Capítulo Dos

A Mazie le gustaba el ambiente festivo de Charleston. El casco antiguo de la ciudad estaba más bonito que nunca en diciembre. El sol brillaba, no había demasiada humedad y la exuberante vegetación adornaba todas las balaustradas y los balcones. Había diminutas luces blancas y lazos rojos de terciopelo por doquier.

A Mazie lo que más le gustaba era la Navidad. Su vida nunca había sido un cuento de hadas. Nada de veladas frente a la chimenea con sus padres leyéndole cuentos. A pesar de la fortuna de los Tarleton, sus padres habían sido unas personas difíciles. Pero no le importaba. Desde el fin de semana de Acción de Gracias hasta el día de Año Nuevo, se dejaba llevar por la época de la armonía y los buenos deseos.

Por desgracia, los pecados de J.B. eran demasiado crueles como para incluirlo en la lista de Santa. Mazie todavía quería encontrar la manera de hacerle sufrir sin poner en peligro su negocio.

Cuando al día siguiente la agente inmobiliaria llamó con otra nueva oferta de J.B., no le dijo que no de inmediato. En vez de eso, escuchó el discurso apasionado de la mujer. Cuando hizo una pausa para tomar aire, Mazie respondió en un tono de voz modulado y excepcionalmente amable.

–Por favor –dijo cortésmente–, dígale al señor

Vaughan que si tanto interés tiene en comprar mi propiedad, tal vez debería venir por aquí y hablar conmigo en persona. Esa es mi condición.

Entonces, una vez más colgó el teléfono.

—Bueno —dijo Gina—, esta vez no le has colgado inmediatamente. Supongo que es un avance.

—Veremos qué pasa ahora. Si J.B. quiere comprar este sitio, va a tener que dar la cara.

Gina palideció y agitó la mano en el aire.

—¿Qué te pasa? —preguntó Mazie frunciendo el ceño.

Su amiga estaba tan pálida que sus pecas destacaban. Además, los ojos parecían a punto de salírsele de las órbitas y emitió un sonido inclasificable.

Al ver que Gina permanecía inmóvil, Mazie se volvió para ver la causa de su extraño comportamiento. Entre el grupo de mujeres de mediana edad que acababa de entrar en la tienda, estaba J.B. Vaughan.

—Hola, Mazie —dijo sonriendo con atrevimiento—. Hace tiempo que no nos vemos.

Su voz la envolvió como la miel cálida. ¿Por qué le resultaba tan sexy? Aquel hombre parecía salido de una fantasía. Llevaba unos vaqueros y unos zapatos de piel italianos. Sus hombros anchos se adivinaban bajo la chaqueta de lino que llevaba abierta sobre una inmaculada camiseta blanca y que dejaba adivinar su abdomen esculpido.

Vaya. Había pedido que fuera a verla en persona sin pensar en lo que implicaba. Mantuvo la compostura y disimuló la sorpresa que le producía verlo.

—Hola, J.B.

Echó un vistazo rápido a su reloj y se dio cuenta de que era imposible que hubiera tardado tan poco en llegar, a menos que hubiera decidido de antemano enfrentarse a su negativa cara a cara.

–¿Has hablado con la comercial inmobiliaria esta mañana?

–No –respondió frunciendo el ceño–. Vengo directamente del gimnasio. ¿Hay algún problema?

–No, ninguno.

Justo en aquel instante, el teléfono de J.B. sonó.

Mazie habría apostado un millón de dólares a que sabía quién estaba al otro lado de la línea por cómo había cambiado su expresión. Una amplia sonrisa asomó a sus labios. La agente inmobiliaria acababa de darle su mensaje.

J.B. había entrado en su tienda por iniciativa propia.

–¿Qué quieres, J.B? Estoy ocupada.

–¿Limpiando una balda de cristal? –preguntó él arqueando una ceja–. Eso no corresponde a su categoría, señorita Tarleton.

–Es mi negocio. Todo lo que pasa aquí es asunto mío.

Gina pasó al lado de Mazie.

–Disculpadme, voy a atender a los clientes.

Mazie debería haber presentado a su amiga pelirroja, pero Gina escapó de aquella confrontación.

J.B. sacó una caja envuelta en celofán rojo.

–Esto es para ti, Mazie. Recuerdo haber oído a Jonathan que te gustaban mucho.

Se quedó mirando el logotipo.

–¿Me has comprado bombones?

–Sí, señora.

–Me los podía haber comprado yo misma, J.B. Al fin y al cabo, esa tienda está aquí al lado.

La sonrisa de J.B. se desvaneció. La calma de sus ojos azules dio paso a la tempestad.

–Al menos podías darme las gracias. Se ve que de pequeña no te dieron los azotes suficientes. Te consintieron demasiado.

Mazie contuvo la respiración. Aquello le había molestado.

–Sabes que no es cierto.

Una sombra de remordimiento asomó al rostro de J.B.

–Ah, maldita sea, Mazie, lo siento. Siempre sacas lo peor de mí. Te he traído los bombones en son de paz, te lo prometo.

–Gracias por los bombones –dijo ella irguiéndose de hombros–. ¿Eso es todo?

J.B. se quedó mirándola fijamente, sin dar crédito.

–Por supuesto que no es todo. ¿De verdad crees que voy por Charleston regalando bombones a la primera mujer que pasa?

–¿Quién sabe qué haces?

Resultaba casi divertido verlo a punto de perder la calma. Después de unos momentos de tenso silencio, él suspiró.

–Me gustaría enseñarte una propiedad que tengo en Queen Street. Allí dispondrías del doble de superficie y la zona de almacenaje es diáfana. Además, hay un amplio apartamento en el piso de arriba, por si alguna vez decides dejar la casa de tus padres.

La idea de tener su propio apartamento resultaba tentadora, pero ni Jonathan ni ella habían sido capaces de dejar a su padre solo. Lo cual era absurdo. Había sido un padre distante tanto en sentido emocional como físico, pero aun así, se sentían responsables de él.

Por encima del hombro de J.B., vio a Gina asomarse preocupada.

Mazie decidió seguirle el juego a J.B., al menos por un tiempo. Quería hacerle creer que estaba considerando seriamente su oferta.

—De acuerdo, supongo que no pasará nada por ir a echarle un vistazo.

Al oír sus palabras, J.B. la miró con sorpresa y suspicacia.

—¿Cuándo?

—Ahora es un buen momento.

—¿Y la tienda?

—Pueden apañárselas sin mí.

Era cierto. Mazie era la dueña y directora del negocio. Además de Gina, había dos empleadas a tiempo completo y tres a tiempo parcial.

—Entonces, vámonos. He aparcado en una zona de carga y descarga.

—Ve tú delante. Mándame un mensaje con la dirección y estaré allí en quince minutos. Tengo que recoger el abrigo y el bolso.

—Puedo esperar —replicó frunciendo el ceño.

—Prefiero ir en mi coche, J.B.

Se quedó mirándola con los ojos entornados y se cruzó de brazos.

—¿Por qué?

—Porque quiero, por eso. ¿Temes que no vaya? Te he dicho que iría y lo haré. No le des más importancia de la que tiene.

Apretó la mandíbula. Parecía a punto de decir algo, pero no dijo nada.

—¿Qué? —susurró ella.

J.B. sacudió la cabeza con gesto sombrío.

–Nada, Mazie, no pasa nada –dijo sacando el teléfono del bolsillo–. Te mandaré la dirección y allí nos veremos –añadió escribiendo con impaciencia un mensaje.

J.B. debería sentirse eufórico.

Había superado el primer obstáculo. Por fin había convencido a Mazie Tarleton para que echara un vistazo a otro local para su joyería. Había dado un gran paso, mucho más de lo que la agente inmobiliaria había conseguido en doce semanas. Aun así, estaba impaciente. Estar cerca de Mazie era como estar manipulando una granada.

Nunca nada había sido fácil con Mazie. Se entretuvo paseando por Queen Street, frente al local, rezando para que apareciera. Cuando vio aparecer su Mazda Miata, sintió alivio.

Después de aparcar, se bajó y cerró el coche con el mando. Estaba acostumbrado a verla con ropa informal, pero en aquel momento llevaba una falda ajustada y una blusa de seda blanca, lo que le daba el aspecto de la rica heredera que era.

Tenía las piernas largas y caminaba con seguridad. La tarde estaba ventosa y se había puesto un abrigo negro que le llegaba a medio muslo. Parecía dispuesta a comerse el mundo.

Se quedó observándola mientras guardaba las llaves en el bolso y caminaba hacia él. Se puso una mano a modo de visera sobre los ojos y levantó la mirada. Él dirigió la vista en la misma dirección. Arriba, sobre la fachada de piedra, se leía el año en el que se había levantado el edificio: 1822.

–Ha estado alquilado hasta hace tres meses a una compañía de seguros –dijo él sin esperar a que le preguntara–. Si crees que puede servirte, mandaré que lo limpien y organizaremos rápidamente la mudanza.

–Quisiera ver el interior.

–Claro.

Se había asegurado de no hubiera inconvenientes, nada de olores extraños ni pintura descascarillada. Lo cierto era que el edificio era una joya. Se lo habría quedado para él si no fuera porque necesitaba desesperadamente algo con lo que tentarla.

Durante años había intentado enmendar sus errores de juventud. Llegar a ser un respetado empresario en Charleston había sido muy importante para él. El hecho de tener que tratar con Mazie y con aquella atracción tan inoportuna lo complicaba todo. Había aprendido por las malas que la atracción sexual podía cegar a un hombre.

–Fíjate en los techos –dijo él–. Este sitio fue un banco. Aquí estaban los cajeros.

Mazie puso los brazos en jarras. Lentamente se volvió, estudiando cada rincón, e hizo alguna foto con su teléfono.

–Es precioso.

Era evidente que hacía aquel comentario a regañadientes, pero al menos estaba siendo sincera.

–Gracias. Por suerte pude comprarlo. Tuve que ahuyentar a un tipo que estaba interesado en montar un minigolf de interior.

–Estás de broma, ¿no?

–No. Creo que nunca habría obtenido los permisos, pero ¿quién sabe?

–¿Decías que había zona de almacenaje?

–Ah, sí. Hay un sótano pequeño abajo, pequeño, pero agradable. También hay espacio en el piso de arriba, y lo mejor de todo es que hay una cámara acorazada. Tendrá que venir un experto para ponerla operativa de nuevo. Lo importante es que tendrás donde guardar las piezas más valiosas cuando cierres la tienda.

Cuando le enseñó la cámara acorazada, haciéndose a un lado para que entrara, Mazie arqueó una ceja.

–Un poco exagerado, ¿no te parece? No necesito tanto espacio para mis joyas.

Él la siguió al interior.

–No por cómo lo estás haciendo. Has estado metiendo y sacando las piezas una a una cada mañana. Si usas las estanterías de esta cámara, podrás traer bandejas enteras cada noche y ahorrarte mucho lío.

–Cierto.

Llevaba los labios pintados de rojo cereza. Era imposible no imaginarse aquellos labios unidos a los suyos.

–Dime una cosa, J.B. –dijo interrumpiendo sus pensamientos–. Una cámara acorazada tan antigua, por mucho que haya sido la de un banco, ¿de veras crees que es segura?

–Bueno, hace tiempo que no se usa, pero…

Mazie empujó la puerta.

–Qué pesada es. Supongo que también podría servir como refugio para huracanes.

La puerta se movía con más suavidad de la que era de esperar y, sin que J.B. pudiera evitarlo, Mazie la soltó y se cerró con un ruido sordo.

La repentina oscuridad resultaba desconcertante. La voz de Mazie sonaba lejana.

–Vaya. Debería haberme asegurado de que tenías las llaves.

–No importa –replicó él–. Me han dicho que el mecanismo no está operativo –dijo avanzando con cautela–. Apártate, voy a tirar del picaporte –añadió, pero no tuvo éxito–. Maldita sea.

–¿No hay luz? –preguntó ella, acercándose.

–Sí.

J.B. tanteó a ciegas la pared hasta que encontró el interruptor. El fluorescente parpadeó y se encendió. Mazie se quedó mirándolo con los ojos como platos.

–Lo siento mucho. No era mi intención cerrar la puerta.

–Lo sé.

El corazón se le aceleró. A pesar de la incómoda situación, no quería acercarse demasiado a Mazie. Los dos solos, en medio de la oscuridad…

–No te preocupes –añadió–. Todo saldrá bien –dijo tirando del picaporte por segunda vez, sin conseguir que la puerta se moviera–. Llamaré a alguien.

Sacó el teléfono y se quedó mirando fijamente la pantalla. No había cobertura.

¿Cómo iba a haber cobertura? La cámara acorazada estaba construida con hormigón armado.

–¿De verdad no tienes las llaves?

Mazie se mordió el labio y se rodeó por la cintura con los brazos.

–Tengo llaves del edificio, no de la caja fuerte.

–Alguien nos echará de menos –dijo ella–, al menos Gina. Nos mandamos mensajes veinte veces al día. ¿Qué me dices de ti? ¿Le has dicho a alguien que venías?

–Hablé con tu hermano antes de venir.

–¿Con Jonathan? –preguntó Mazie frunciendo el ceño–. ¿Por qué?

–Porque sabe cuánto me está costando convencerte para que me vendas tu propiedad. Le conté que al menos habías accedido a ver este local de Queen Street.

–Tal vez Jonathan te llame para saber si me has convencido o no.

–Si llama, saltará el buzón de voz. Pensará que estoy ocupado y me dejará un mensaje.

–Vaya, qué mal –dijo y exhaló ruidosamente antes de dar una patada a la pared–. Si morimos aquí, te perseguiré durante toda la eternidad.

–¿Cómo vas a perseguirme si yo también muero?

Se pasó la mano por la frente y sintió un sudor frío. Sus tonterías le resultaban una agradable distracción. Así podía desviar la atención de la mujer que tenía tan cerca.

–Por favor, no arruines mis sueños –dijo ella–. Es lo único que tengo en este momento –comentó ella y arrugó la nariz–. Ni siquiera tenemos una silla.

J.B. sintió que el espacio se encogía. Inspiró profundamente, pero apenas le llegó el oxígeno.

Capítulo Tres

Mazie reparó en que J.B. parecía tenso.

–¿Estás bien? –preguntó, acercándose para ponerle una mano en la frente.

Esperaba sentir que tenía fiebre, pero estaba gélido. Para su sorpresa, no se apartó al sentir su roce ni protestó.

–Estoy bien.

–No, no estás bien –dijo tomando su rostro entre las manos–. Dime qué te pasa. Me estás asustando.

–Soy claustrofóbico. Tal vez necesite que me abraces.

Ni pensarlo. El pulso se le paró. Entonces, recordó. Cuando J.B. tenía ocho años, se había metido en una vieja nevera mientras jugaba al escondite en un vertedero y había estado a punto de morir. Aquel episodio lo había traumatizado. Sus padres le llevaron a un psicólogo pero algunas heridas eran difíciles de sanar.

Le acarició el pelo mientras trataba de convencerse de que estaba siendo amable con él y no deleitándose con su contacto.

–Ya verás como todo sale bien. Estoy contigo, J.B. Quítate la chaqueta y sentémonos.

En un principio pensó que no había procesado lo que le había dicho. Pero después de unos instantes, él asintió con la cabeza, se quitó la chaqueta y se deslizó por la pared hasta quedarse sentado con las piernas estiradas. Luego, suspiró.

–No voy a desmayarme –murmuró.

–No pensaba que fueras a hacerlo.

Se sentó junto a él. Su falda era un obstáculo, pero se la subió hasta los muslos y consiguió que no dejara demasiado al descubierto.

Por lo que pareció una eternidad no se dijeron nada. J.B. tenía las manos sobre los muslos, con los puños apretados. Respiraba agitadamente.

Mazie decidió distraerle.

–¿Cómo están tus padres? –le preguntó.

J.B. resopló y la miró de soslayo.

–¿De veras, Mazie? ¿Estoy al borde de un síncope y eso es lo único que se te ocurre?

–No te has desmayado –dijo ella–. Estás bien.

Tal vez si lo hubiera dicho con más convicción habría logrado que la creyera. Estaban sentados rozándose los hombros y las caderas, separados por apenas unos centímetros. Hacía siglos que no tenía a J.B. tan cerca. Estaban lo suficientemente próximos como para percibir el aroma de su colonia mezclado con su propio olor. El estómago le dio un vuelco. J.B. era peligroso. Por eso era por lo que solía guardar las distancias.

Cuando alzó la vista al techo, vio unas pequeñas rejillas de ventilación. No había peligro de asfixia. Aun así, la reacción de J.B. era comprensible. Se le puso la piel de gallina ante la idea de quedarse allí encerrados por horas.

J.B. estaba concentrado en no dejarse llevar por su fobia, así que cualquier intento de conversar debía iniciarlo ella. El problema era que conocía a J.B. demasiado bien, aunque no lo suficiente.

Charleston no era tan grande. En cualquier acto benéfico, estreno o exposición, toda la élite de Charleston se reunía. A lo largo de los años, Mazie había visto a J.B. elegantemente vestido en muchas ocasiones y, por lo general, con una atractiva mujer del brazo. Nunca era la misma mujer, pero aun así...

Dado que era muy amigo de Jonathan, también lo había visto medio desnudo en un velero, en la cancha de baloncesto y en la playa. Si se esmeraba, sería capaz de recordar las muchas veces que había estado cerca de J.B. sin intercambiar dos palabras con él.

Era por su propia elección y, seguramente, por la de él también. Había sido inexplicablemente cruel con ella en un momento muy delicado de su vida y desde entonces lo había odiado.

Allí estaban, encerrados sin saber hasta cuándo.

El suelo de baldosas estaba duro y frío. Dobló las rodillas y se las acercó al pecho para abrazarlas. J.B. estaba justo a su lado y probablemente no se fijaría en su falda.

Suspiró. Oía su respiración agitada.

—¿Estás bien?

—De perlas.

Mazie sonrió al oír aquella expresión, pronunciada como un gruñido y cargada de testosterona.

—¿Por qué no has vuelto a casarte?

Las palabras salieron de sus labios y se quedaron suspendidas en el aire. Los músculos se le paralizaron. Lo miró de reojo y vio a J.B. alzar la cabeza. Se había quedado petrificado, con la vista al frente, sin mirarla. Empezaron a correr los segundos y pasó un minuto, tal vez dos.

—Mis padres están bien —dijo él.

Tardó unos instantes en leer entre líneas.

–Muy gracioso. Mensaje recibido. Al misterioso J.B. Vaughan no le gusta hablar de su vida privada.

–Tal vez no tenga vida privada –replicó–. Tal vez soy un adicto al trabajo que pasa todas las horas del día tratando de convencer a las joyeras guapas de que le vendan su local.

J.B. acababa de añadir una dosis de flirteo a la mezcla. ¿Lo había hecho a propósito o porque estaba acostumbrado a seducir a mujeres? Fingió no haber oído nada.

–Si a esta edad eres un adicto al trabajo, morirás antes de llegar a los cincuenta. ¿Por qué trabajas tanto, J.B.? ¿Nunca has deseado pararte a oler una rosa?

–Lo intenté una vez. Las rosas tienen espinas –dijo y tomó aire–. ¿Vas a venderme el local o no?

–¿Me has encerrado aquí a propósito para que te diga que sí?

–Claro que no, no estoy tan desesperado. Prueba a ver si tu teléfono tiene cobertura.

–No, nada.

J.B. gruñó.

–¿Cuánto tiempo llevamos aquí?

–Veintidós minutos –respondió Mazie después de comprobar la hora.

–Tal vez se te haya parado el reloj.

Ella alargó el brazo y le dio un apretón en la mano.

–Piensa en otra cosa. ¿Has hecho ya todas las compras de Navidad? ¿Qué vas a regalarle a tus hermanas?

J.B. tenía dos hermanas más pequeñas. Tal vez por eso pasaba tanto tiempo de niño en la casa de los Tarleton.

–Mis hermanas están bien. ¿Tenemos que hacer esto?

–Eres tú el que no quería hablar de nada serio.

–¿No hay otros temas?

–Podemos hablar de por qué fuiste tan desagradable conmigo cuando éramos adolescentes.

J.B. maldijo entre dientes y se puso de pie.

–Lo mejor será que no hablemos de nada.

Los cinco minutos siguientes estuvo dando vueltas como un león enjaulado. Mazie se quedó donde estaba. De pronto se detuvo delante de la puerta inexpugnable y le dio un puñetazo. Luego agachó la cabeza y hundió los hombros.

–No puedo respirar.

La agonía en aquellas tres palabras hizo que Mazie sintiera que el corazón se le encogía. J.B. era un hombre orgulloso y arrogante, y que fuera testigo de su debilidad solo podía servir para aumentar su frustración, ira y desesperación. Sin pensárselo dos veces, se puso de pie y se acercó a él.

–Escúchame.

La luz del fluorescente era la menos favorecedora del mundo. Ambos tenían muy mal aspecto. Su piel se veía pálida y sus rasgos demacrados. Volvió a tomar su rostro entre las manos.

–Mírame, J.B. Quiero que me beses como si lo estuvieras deseando.

Él estaba temblando. Su cuerpo no dejaba de sacudirse. Lentamente, sus palabras lo calaron.

–¿Quieres que te bese?

–Sí, lo deseo más que nada –respondió acariciándose los labios–. Hace siglos que nadie me besa. Muéstrame cómo J.B. Vaughan seduce a una mujer.

–No lo dices en serio –dijo él frunciendo el ceño como si presintiera peligro.

Mazie se puso de puntillas y le rozó los labios con los suyos.

–Por supuesto que sí, lo digo muy en serio –replico y le acarició el pelo–. Bésame, J.B.

Si aquello funcionaba, escribiría un libro sobre remedios contra la claustrofobia.

J.B. puso las manos sobre sus hombros, pero no estaba del todo segura de que supiera lo que estaba haciendo. Todavía había un reflejo vidrioso en su mirada.

–¿Mazie?

La forma en que dijo su nombre le puso el vello de punta. Adivinó el momento exacto en que su excitación sexual superó su miedo visceral. Esta vez, el estremecimiento que lo recorrió fue de placer. No tuvo que volver a pedirle que la besara. J.B. se hizo con el control como si la llevara besando desde siempre. Sus labios tomaron los suyos con una sensualidad embriagadora que le robó la fuerza de las rodillas y la dejó jadeante y desvalida.

–Ha estado bien –dijo ella entrelazando los brazos alrededor de su cuello.

–¿Solo bien?

Su risa le puso la piel de gallina. Con razón había mantenido las distancias durante tantos años. En el fondo, siempre había sabido que algo así podía ocurrir. Deseó quitarse los zapatos y tirar de él hasta el suelo, pero todo estaba sucio, frío y duro. No había a la vista ninguna superficie acogedora.

Había habido una época en la que había fantaseado con besar a J.B. Vaughan. La realidad superaba con creces a la imaginación. Era seguro de sí mismo, persuasivo, sexy y encantador, y estaba deseando darle todo lo que pedía sin palabras.

Por suerte no había ninguna cama cerca. De no haber sido así, habría cometido alguna locura.

Su lengua acarició la suya lentamente.

—Sé lo que estás haciendo y no me importa. Debería haberte besado hace muchos años.

—Lo hiciste —le recordó Mazie.

—Eso no cuenta. Éramos unos críos.

—A mí no me lo pareció.

De hecho, el J.B. adulto estaba reaccionando como el J.B. adolescente. Sentía su erección contra el vientre y eso le hizo sentirse excitada, aturdida y muy confundida. Aquello no era real, lo único que estaba haciendo era distraerlo del encierro. Le sacó la blusa y deslizó una mano por su espalda hasta desabrocharle el sujetador con gran destreza.

—Siempre supe que sería así —dijo él.

—¿Así cómo? —preguntó susurrando, sin apenas oírse por los fuertes latidos de su corazón.

—Salvaje, espectacular, increíblemente bueno —sentenció, separándose lo justo para tomar sus pechos entre las manos—. Oh, Mazie.

Sus manos estaban calientes. Cuando le acarició los pezones, sintió su cuerpo arder.

—Espera —dijo ella—. Es mi turno.

Tiró de su camisa y suspiró al descubrir su torso musculado y sus abdominales marcados. Su piel era suave y firme, y tenía una leve capa de vello. Se detuvo al llegar al cierre de su cinturón.

J.B. la besó a un lado del cuello.

—¿Lo has hecho alguna vez de pie?

—No.

Su cabeza le decía que se lo tomara con calma,

pero había otras partes de su cuerpo que estaban disfrutando tanto que Mazie estaba deseando aprovechar la oportunidad.

–¿Y tú?

–No. Creo que es una de esas cosas que se ven muy bien en las películas, pero que en la vida real no es tan maravillosa –dijo e hizo una pausa antes de continuar–. Pero estoy dispuesto a probarlo.

Aquello era una locura. Mazie había pasado de intentar distraer a J.B. de su claustrofobia a echarse uno encima de otro en cuestión de segundos.

–Bésame otra vez –le pidió.

Cualquier cosa con tal de evitar que hiciera algo que seguramente ambos lamentaran.

Cumplió su deseo y alguno más. Primero fueron sus pechos. Se inclinó y los saboreó entre gemidos de aprobación que dispararon su autoestima. Luego, fue subiendo por su cuello hasta volver a tomar sus labios.

Aquel hombre besaba muy bien. J.B. se las arreglaba para que cada caricia arrancara algo nuevo y desesperado. La saboreó y se estremeció cuando sintió su lengua deslizándose entre sus labios y devolviéndole las sensaciones. Un deseo ardiente e incontrolable se extendió por sus piernas y sintió palpitaciones en su sexo. Hacía siglos que no experimentaba aquel grado de excitación. De repente, sintió que se moriría si no podía tenerlo allí mismo y en ese instante.

Temblorosa, se aferró a sus hombros.

–No tomó la píldora y no tengo protección.

Él le mordió el labio inferior y tiró.

–Tengo un preservativo en la cartera.

–Estupendo.

Tenía la sensación de ser una mera espectadora, maravillada ante su comportamiento tan atrevido.

«¿De veras quieres estar con J.B. Vaughan después de que te rechazara hace tantos años? Te ha ignorado desde entonces? ¿De verdad quieres hacer esto?».

Sí, lo deseaba. Quizá siempre lo había deseado.

J.B. le quitó la blusa y el sujetador, y los dejó cuidadosamente en el picaporte. Luego se volvió y se quedó mirándola fijamente. Mazie se cruzó de brazos sobre el pecho, incapaz de mostrarse desenfadada. Solo había habido dos hombres en su vida.

J.B. deslizó la mano desde su hombro desnudo por el brazo, hasta tomarla por la muñeca.

—Eres exquisita, Mazie.

El recuerdo del J.B. adolescente siempre había rondado por su cabeza. El chico popular de sexualidad descarnada y sonrisa pícara la había rechazado y la había hecho sentir menos femenina y deseable. Resultaba difícil conciliar aquel recuerdo con el presente.

—Me alegro de que pienses así.

Por su ceño fruncido Mazie supo que se había dado cuenta de que estaba aturdida.

—Me gusta tu pelo —dijo después de besarla en la sien—. Trasmite energía y pasión, como tú, Mazie.

El paso brusco de ansia frenética a ternura la desconcertó. Podía ser una manera de atraparla. No confiaba en la repentina dulzura de J.B. Un hombre podía usar el sexo para conseguir lo que quería. Tal vez en medio de aquella locura, J.B. se había dado cuenta de lo vulnerable que la hacía sentirse. Tal vez pretendía aprovecharse para sacar ventaja.

–Bésame otra vez –le suplicó ella.

A continuación acarició su miembro por encima de los pantalones. Estaba erecto y dispuesto, tan dispuesto que la evidencia la llevó al borde del desmayo como si fuera una pusilánime doncella victoriana.

Mazie llevaba dos años manteniendo la castidad por decisión propia. Ningún hombre la había tentado, ni siquiera un poco. Y allí estaba J.B., el hombre menos adecuado para ella en todos los sentidos, pero perfecto en aquel instante.

Al tocarlo tan íntimamente, él se estremeció. Esta vez supo que aquellos temblores no tenían nada que ver con su fobia a los espacios cerrados. J.B. la deseaba desesperadamente y aquella constatación resultaba excitante.

Seguían vestidos, aunque sus senos desnudos descansaban sobre su pecho, fuerte y cálido. Debería resultar incómodo y extraño estar de aquella manera. Sin embargo, era la sensación más maravillosa y aterradora del mundo. Entre sus brazos se sentía atormentada en muchos sentidos.

Odiaba a aquel hombre, ¿no? ¿O acaso era un sueño delicioso?

Aquel espejismo merecía la pena. Había tenido que esperar más de una década para que J.B. admitiera que la deseaba. Seguramente, el destino le otorgaría un paseo por el lado salvaje.

Podía poner fin a aquello. El final sería desagradable e incómodo, y le dejaría una huella mucho más marcada que lo que había ocurrido cuando tenía dieciséis años. Pero J.B. nunca forzaría a una mujer, ni aunque hubiera sido ella la que hubiera tomado la iniciativa.

–Te deseo, querida Mazie.

Cuando susurró su nombre y le acarició el muslo por debajo de la falda, supo que había llegado el momento.

–Yo también te deseo, J.B.

Lo que ocurrió a continuación fue una auténtica locura. La levantó del suelo y la apoyó contra la pared mientras Mazie hundía las manos en su pelo. Ambos jadeaban como si acabaran de correr una maratón. La tomó por el trasero y se estrechó contra ella. Luego deslizó las manos bajo su falda por su piel desnuda.

–Rodéame la cintura con las piernas.

–El preservativo –dijo ella–. Que no se te olvide.

–Enseguida.

La besó apasionadamente, mordiéndole con fuerza los labios. Ella lo tomó del pelo, atrayéndolo. Tenía las bragas mojadas. Todo su cuerpo ardía en deseos de sentirlo dentro. Cruzó los tobillos detrás de su espalda y tiró de su camisa.

–Quítatela –le suplicó.

J.B. obedeció sin romper el beso y Mazie pudo acariciar aquella extensión de piel masculina. Tenía el cuerpo bronceado y musculoso. Para ser un hombre que pasaba mucho tiempo estudiando planos y balances, tenía el cuerpo de un atleta.

–Ten paciencia –le ordenó y de un tirón, le arrancó las bragas–. Misión cumplida.

–Eran nuevas –protestó ella.

J.B. sonrió.

–Te compraré otras.

Ya podía acceder a donde ningún hombre otro hombre había llegado en mucho tiempo. Acarició su intimidad y hundió un dedo en ella.

–Oh –exclamó ella y apoyó el rostro en su hombro con los ojos cerrados.

J.B. rio.

–Si eso te ha gustado, se me ocurren muchas otras cosas.

Sin previo aviso, unos golpes retumbaron en el interior de aquel reducido espacio.

–¿Hay alguien ahí dentro?

–Santo cielo, el Señor es misericordioso.

La sorprendente respuesta de J.B. habría resultado divertida si Mazie no hubiera estado a punto de correrse. Gruñó y hundió el rostro en el hueco de su cuello.

–A un lado –dijo la voz–. Voy a abrir la puerta.

–Oh, Dios.

Se soltó de los brazos de J.B. y recogió el sujetador y la blusa. Él la miró fijamente. Sus ojos ardientes diluían cualquier inhibición.

–Salvados por la campana…

Debería alegrarse, ¿no? Por suerte, no había cometido una estupidez.

¿En qué estaría pensando él? Su expresión era seria.

Mazie sintió que el corazón se le encogía. Le costaba creer que hubiera caído en antiguos patrones. De repente, la situación había empeorado.

Capítulo Cuatro

J.B. maldijo para sus adentros, aturdido por aquel golpe de mala suerte. Aunque, por otra parte, tenía que admitir que a pesar del chasco, se había librado de una catástrofe. Llevaba años evitando a Mazie Tarleton y aun así había estado cerca de hacer algo que no debía.

Su atractiva adversaria apenas estaba presentable cuando se oyó un chirrido y la puerta cedió hacia dentro. En el último segundo, J.B. se guardó las bragas desgarradas en el bolsillo y se colocó la camisa.

Las luces del exterior eran tan brillantes les cegaron. Su rescatador se quedó cruzado de brazos. Se trataba de Jonathan Tarleton, el hermano de Mazie, y esbozaba una sonrisa de suficiencia.

–Vaya, vaya, mira qué dos.

J.B. dio un paso al frente, ocultándola para el caso de que necesitara acabar de cubrirse.

–¿Qué estás haciendo aquí?

Jonathan se apartó para dejar que salieran.

–Pensé que tal vez podría convencer a Mazie de que escuche tu oferta. Cuando he llegado, he visto los coches de ambos, pero a ninguno de los dos. Así que he puesto a trabajar mis dotes de detective y he descubierto pisadas hacia la cámara acorazada. Habéis tenido suerte de que el suelo tenga tanto polvo.

J.B. agradeció la bocanada de aire fresco. Inspiró hondo y sintió desvanecer los últimos coletazos del calvario. Lo cierto era que Mazie lo había salvado con bastante eficacia. Su método había sido lo suficientemente convincente como para desear arrastrarla de nuevo a la cámara acorazada y cerrar la puerta.

–Gracias por rescatarnos –dijo–. Si no hubieras venido, habríamos pasado unas cuantas horas encerrados ahí dentro.

–El mecanismo estaba atascado. He tenido que darle unos cuantos golpes con el zapato para que se soltara.

Mazie no había dicho nada hasta entonces, aunque se había abrazado brevemente a su hermano.

–Ha sido culpa mía. No pretendía cerrar la puerta –comentó mientras enfilaban hacia la entrada–. No quiero ser descortés, pero necesito ir al baño. Luego nos vemos, Jonathan –dijo y dirigió una extraña mirada a J.B.–. Gracias por el recorrido.

Entonces se fue.

Él se quedó mirando por la ventana, preguntándose si aquella sensación en la boca del estómago era por la frustración sexual o por algo más alarmante. ¿Había entablado un vínculo con su adversaria? Seguramente no. No podía, no debía. El único motivo por el que había recurrido a ella era para alcanzar un acuerdo. No podía dejarse arrastrar por una atracción casi irresistible. Esa clase de cosas hacía estúpidos a los hombres y él lo sabía muy bien.

Jonathan le dio una palmada en el hombro.

–Bueno, ¿la has convencido? ¿Qué te ha dicho?

J.B. se pasó las manos por el pelo.

–No ha dicho nada. Apenas habíamos echado un vistazo al local cuando nos quedamos encerrados. No tengo ni idea de si le ha gustado o no.

–Por supuesto que le ha gustado –afirmó Jonathan–. A Mazie le encantan los edificios históricos. Este tiene muchos detalles originales y está en mejores condiciones que el suyo.

–Sí –asintió J.B. distraídamente, reviviendo cada instante de aquel extraño encierro.

Echando la vista atrás, parecía un sueño. ¿De veras le había permitido Mazie Tarleton que la acariciara y que hubiera estado a punto de hacerle el amor?

–Oye, J.B. –dijo Jonathan mirándolo atentamente–. Tienes carmín en la barbilla.

J.B. se quedó petrificado. Aquello era un campo de minas. Mazie ya no era una niña, pero Jonathan seguía siendo muy protector. Esa era una de las razones por las que se había mantenido distante de ella durante todos aquellos años.

–¿De verdad?

–¿Qué demonios ha pasado en la cámara acorazada? –preguntó Jonathan frunciendo el ceño.

–Nada que te importe. Tu hermana es una mujer adulta. Soy claustrofóbico y Mazie ha intentado distraerme con un beso.

–¿Claustrofóbico? –preguntó Jonathan sorprendido, desapareciendo toda curiosidad de su expresión–. Vaya, J.B., lo siento. Has debido de pasar un mal rato. Ha sido un buen detalle por su parte, teniendo en cuenta que no le caes muy bien.

«Pues a juzgar por la forma en que me estaba lamiendo el cuello hace unos minutos, yo diría que le gusto bastante».

J.B. contuvo su ironía y asintió.

–No ha sido mi mejor momento. Es humillante que algo que ocurrió hace tantos años siga afectándome de esa manera. Por un instante, pensé que no iba a poder soportarlo.

–Deberías alegrarte de que Mazie estuviera contigo y no otra persona. Al menos ella no hará bromas sobre el tema. Tiene un gran corazón.

–En ese aspecto se parece mucho a Hartley. Los dos estaban siempre trayendo a casa perros callejeros. ¿Has sabido algo de él? No puedo creer que haya desaparecido de esa forma.

–No, pero es cuestión de tiempo. Hartley nació y se crio aquí. Lleva a Lowcountry en la sangre.

–No pareces muy contento.

–Dejó el negocio familiar, me dejó solo con mi padre. Digamos que en este momento, no apreció demasiado a mi hermano.

–Es tu hermano gemelo. Los gemelos están muy unidos.

–Y durante un tiempo lo estuvimos, pero ya no.

–Eso es lo que dices, Jonathan, pero te conozco muy bien. De niños erais inseparables. No puedes fingir que ese vínculo ya no existe. Siempre estará.

–No si no quiero.

J.B. dejó el tema solo porque adivinaba un profundo dolor bajo la respuesta de Jonathan.

Se irguió de hombros y echó un último vistazo.

–Creo que este sitio le vendrá bien a Mazie. No me ha dado un sí definitivo, así que seguiré insistiendo.

–Y yo seguiré hablando bien de ti.

Salieron del edificio y J.B. cerró con llave.

–¿Te apuntas a jugar baloncesto este fin de semana?

–Sí, ¿a las siete?

J.B. asintió.

–Nos veremos entonces.

Después de que Jonathan se subiera al coche y se marchara, J.B. debería haber hecho lo mismo, pero estaba de mal humor. Quizá fuera porque quería cerrar aquel proyecto y para eso necesitaba el local de Mazie.

Pero ¿a quién pretendía engañar? Toda la rabia que sentía en aquel momento era por aquella mujer que estaba fuera de su alcance y que llevaba años atormentándolo. Lo cierto era que deseaba a aquella mujer, fin de la historia.

Sacó el teléfono y buscó en su lista de contactos. Un breve mensaje preguntándole si le había gustado el local no estaría mal.

Pero no podía hacerlo. Mazie había enturbiado las aguas. O tal vez lo habían hecho entre los dos. Estaba acostumbrado a cerrar tratos, ya fuera por negocios o por placer, nunca ambos a la vez.

Por eso era por lo que estaba tan confundido. Había resistido la tentación durante todo ese tiempo y, en apenas una tarde, había acabado con su férrea determinación. Pensar en Mazie era un error. Media hora antes, había estado a punto de hacerle el amor. Su cuerpo había visto negada su satisfacción y ahora se sentía irritado.

Solo había una cosa de la que estaba seguro: besar a Mazie Tarleton era una experiencia que pensaba repetir. Lo tenía muy claro. Después de tocarla y saborearla, no había vuelta atrás...

***

Mazie quería irse directamente a casa y darse una ducha fría, pero era demasiado pronto para dar por terminada su jornada laboral. Además, Gina la estaba esperando.

No le quedaba más opción que afrontar el día, algo que no le resultaba fácil teniendo en cuenta que no llevaba nada debajo de la falda.

Por suerte, la tienda estaba llena de clientes. Mazie se limitó a saludar a Gina con la mano y enseguida se vio inmersa en el barullo. Los pasajeros de los cruceros acudían en masa para hacer sus compras de Navidad.

Al cabo de un rato, una vez recuperada la tranquilidad, Mazie mandó a dos de sus empleadas a comer. Era casi la una.

Durante el último año se había estado anunciando en los folletos de varias compañías de cruceros. Los anuncios estaban dando resultado a pesar de la era digital. Ese día, habían acudido varios clientes con mapas del distrito histórico. Su negocio aparecía claramente indicado junto a una foto de un bonito collar y un recuadro con la información de contacto.

–Vamos a necesitar más amuletos de oro –dijo observando uno de los expositores.

–Sí. Una señora compró seis para sus nietas. Llamaré a Eve esta tarde y le haré un encargo.

Estaban de pie comiendo pizza, algo que hacían con frecuencia. Gina dio un bocado y después de tragar, sonrió.

–No me tengas en suspense. ¿Qué tal te ha ido con don Macizo? ¿Te ha gustado el edificio?

–Sinceramente, sí. El local que nos ofrece J.B. fue en el siglo xix un banco. Me ha enseñado la cámara acorazada. Hemos tenido un pequeño incidente y hemos acabado encerrados dentro.

–¿Te has quedado encerrada en la cámara acorazada de un banco con J.B. Vaughan? Dios, qué romántico.

–No, de romántico nada.

Lo que había pasado con J.B. no podía calificarse de romántico, más bien de locura sexual.

–¿Así que has pasado demasiado miedo como para que fuera romántico?

La expresión de su amiga le habría resultado divertida si no hubiera sido porque se movía por arenas movedizas. No quería traicionar a J.B. revelando su secreto, así que le ocultó la verdad.

–Más que miedo, ha sido un momento tenso. Los dos nos alegramos mucho cuando Jonathan apareció.

–¿Y vas a quedártelo? Me refiero al local. ¿Crees que nos vendría bien?

–Es perfecto, aunque eso no significa que esté dispuesta a acceder a lo que J.B. quiere. Tiene que haber otra manera.

–¿Alguna vez te han dicho que eres una persona contradictoria?

–Sí –dijo Mazie, terminando su pizza–. Me lo dices tú cada día –comentó limpiándose la mano en la servilleta–. Mi… conversación con J.B. se interrumpió cuando apareció mi hermano. Estoy segura de que tendré noticias suyas muy pronto.

–¿Y qué le dirás cuando vuelva a preguntarte?

En su cabeza se formó la imagen del exitoso empresario, de su pelo revuelto, sus ojos encendidos llenos de deseo…

–No lo sé, de veras que no lo sé.

El trajín de clientes aumentó por la tarde y Mazie no tuvo ocasión de acercarse a su casa a por ropa interior. Cuando a las cinco cerró la tienda, estaba exhausta.

La familia Tarleton llevaba décadas viviendo en un extremo de una pequeña isla al norte de la ciudad. Eran propietarios de seis hectáreas, espacio en el que se levantaba una gran casa y unas cuantas construcciones a su alrededor.

Una imponente verja de hierro protegía el enclave. El acceso desde el mar era imposible por el enorme muro de ladrillo que el abuelo de Mazie había hecho levantar. La playa era pública, pero se había asegurado de que nadie pudiera acceder a la propiedad de los Tarleton, tanto para evitar curiosos como por motivos de seguridad. Los huracanes y la erosión hacían que el mantenimiento del muro fuera muy caro, pero el actual patriarca de los Tarleton era por naturaleza paranoico y desconfiado, por lo que la seguridad era una preocupación constante.

En ocasiones, Mazie se sentía asfixiada por las obligaciones familiares. Por eso quizá le resultara tan peligroso como excitante estar cerca de J.B.

Introdujo el código de seguridad en el teclado y esperó a que la pesada puerta se abriera. Jonathan y ella estaban deseando mudarse, pero se sentían atrapados por el peso del amor y la responsabilidad hacia su padre. Sospechaba que su hermano tenía un apartamento en la ciudad para tener intimidad, pero no había querido indagar. Tal vez algún día ella también tuviera que buscarse su propia guarida.

Había permitido que aquel incidente con J.B. proyectara una sombra demasiado larga sobre su vida amorosa. Aquel desengaño la había vuelto extremadamente cautelosa. Había llegado la hora de olvidarse de J.B. y pasar página.

La casa en la que se había criado era una formidable construcción de piedra arenisca y madera. Había sido construida para soportar huracanes de categoría cuatro. Aunque había sufrido algunos daños a lo largo de los años, la estructura original seguía prácticamente intacta. Una escalera imponente se alzaba hasta las puertas dobles de caoba, con vidrieras a los lados.

Su vida se había visto influenciada por la enfermedad de su madre y, más tarde, por las paranoias de su padre. Jonathan y Hartley habían sido su mejor compañía, sus mejores amigos. Y J.B. también.

Los Vaughan eran otra de las pocas familias de Charleston tan ricas como los Tarleton, así que Gerald Tarleton había fomentado la amistad de sus hijos con J.B. Pero Mazie era más joven y a Hartley le gustaba la soledad, así que eran Jonathan y J.B. los que estaban más unidos.

De niña, Mazie había sentido admiración por J.B. Más tarde, ya de adolescente, se había enamorado de él para acabar odiándolo durante años. Cuando pensaba en el pasado, J.B. siempre estaba presente en sus recuerdos.

Mazie encontró a su padre en el amplio cuarto de estar con grandes ventanales. El océano estaba en calma ese día y ondas suaves en tonos azules y turquesas se extendían hasta el horizonte.

–Hola, papá.

Lo besó en la cabeza, sobre su pelo rizado y cano. Su padre estaba leyendo el *Wall Street Journal,* o fingiendo que lo hacía. Más de una vez lo encontraba adormilado. En otra época, Gerald Tarleton había sido un hombre imponente. Alto y fuerte, intimidaba a cualquiera. Al envejecer, había perdido mucho de su arrojo.

–Ya estás aquí, calabaza –dijo tomándola de la mano–. ¿Puedes decirle a la cocinera que quiero cenar a las seis y media en vez de a las siete?

–Claro. ¿Has tenido un buen día?

–Hoy ha venido ese estúpido del médico. Dice que deje de fumar. ¿Qué tiene eso de divertido?

–Solo quiere lo mejor para ti.

–Lo que quieres es quitarme la ilusión de vivir –protestó.

Su padre se había casado a los cuarenta y tantos años con una mujer mucho más joven. La historia no era nueva, pero en el caso de Gerald había acabado trágicamente. Su esposa y sus suegros le habían ocultado sus problemas mentales y, con el tiempo, lo habían dejado solo criando a su familia.

Mazie y sus hermanos habían pagado un alto precio que los había seguido hasta la madurez.

–Hablaré con la cocinera y luego iré a cambiarme de ropa. Bajaré en media hora.

–¿Y Jonathan?

–Creo que esta noche está en casa.

Después de intercambiar unas palabras con la mujer que llevaba la cocina con mano férrea, Mazie subió a su dormitorio y se quitó la ropa, tratando de no recordar las manos de J.B. recorriendo su cuerpo. Aquellas caricias le habían abierto los ojos a la realidad perturbadora de que seguía sintiendo por él un afecto que nunca había demostrado.

Había pasado un semestre en Francia durante su último año en el instituto, unos meses después de que la rechazara. Durante todo el tiempo que había estado en el extranjero, se había imaginado paseando por las calles de París con J.B., un sueño absurdo de colegiala.

En aquel momento, al mirarse al espejo y ver su cuerpo desnudo, le resultó imposible distinguir entre sus ensoñaciones y la realidad. Había permitido que J.B. Vaughan le acariciara los pechos y la tocara íntimamente.

Se sentía confusa. No era la clase de mujer que se metía en la cama con el primer hombre, y menos aún si ese hombre era J.B. Algo había pasado en la cámara acorazada.

Aun así, cada vez que recreaba la secuencia de lo ocurrido, J.B. no aparecía como un villano. Había sido ella la que había cerrado accidentalmente la puerta y los había dejado encerrados dentro. Había sido ella la que lo había besado y la que había decidido que un guiño a aquel amor de juventud serviría para distraer a J.B. de su claustrofobia.

¿Era de extrañar que hubiera aceptado su invitación y hubiera seguido adelante?

Permaneció un buen rato en la ducha, enjabonándose, en un intento por borrar cualquier vestigio de sus caricias. Todavía deseaba odiarlo. Estaba fuera de su alcance y aun así estaba deseando verlo estremecerse.

J.B. era un hombre muy sexual. Cuando percibía que una mujer quería sexo, no era de extrañar que se mostrara dispuesto.

Mazie tenía que hacerse a la idea de que había cometido una gran estupidez, algo que podía calificarse como autodestructivo. Las circunstancias la habían salvado de la máxima humillación. Por suerte, J.B. no iba a tener la consideración de examante.

Lo peor era que sabía lo que se sentía estando entre sus brazos oyéndole pronunciar su nombre entre jadeos, las sacudidas de placer que habían recorrido su espalda… Esa noche, cuando se metiera en la cama, recordaría sus manos en sus pechos, en su cuerpo desnudo, en su sexo.

¿Cómo iba a pensar en otra cosa?

Capítulo Cinco

Las manos le seguían temblando mientras se secaba después de ducharse.

Se puso unos vaqueros desgastados y un jersey de cachemir de escote redondo. Un collar corto de perlas que había sido de su madre complementaba aquel atuendo recatado.

Antes o después, J.B. la llamaría para hablar del local. Tendría que comportarse como si nada hubiera ocurrido y darle una respuesta.

Su oferta era generosa, no podía negarlo, pero no quería ceder. Aunque sabía que era pueril de su parte, algo dentro de ella quería hacerle tanto daño como el que él le había hecho a ella. Teniendo en cuenta que se trataba de J.B., eso suponía encontrar la manera de perjudicar sus negocios. Estaba segura de que no tenía corazón ni sentimientos. Lo único que le preocupada era acumular más dinero y más elogios sobre sus dotes como empresario. Si de verdad sentía algo por ella, había tenido muchos años para enmendar el pasado. Pero no lo había hecho.

Ya no podía retrasarlo más. El sol se había puesto y la oscuridad había caído sobre la isla. Oyó un coche llegar y reconoció la voz de su hermano desde el vestíbulo.

Aquel lío con J.B. tendría que esperar.

Tenía tiempo para idear un plan. Cuando volviera a verlo, quería tener el control, mostrarse tranquila e imperturbable.

Había una alta probabilidad de que hubiera aprovechado lo que había pasado en la cámara acorazada para ganársela. Aunque no había sido él el que había instigado el encuentro, era muy astuto e inteligente. Si se había dado cuenta de que le atraía, no dudaría en usarlo en su contra.

No podía bajar la guardia. No podía dejar que su vulnerabilidad la hiciera creer que sentía algo por ella.

Atribulada, bajó la escalera. Jonathan podía preguntarle acerca del incidente por el que J.B. y ella se habían quedado encerrados. Si el tema salía, trataría de cambiar de conversación.

Entró en el comedor y, como de costumbre, la mesa estaba puesta con la gama completa de vajilla, copas y cubiertos de plata. Un discreto centro de rosas adornaba la mesa en un jarrón de cristal. A pesar de que eran solo tres, los Tarleton siempre cenaban con gran solemnidad.

Suspiró para sus adentros y se detuvo en seco al ver que había un cuarto plato dispuesto.

–¿Quién viene a cenar? –le preguntó a Jonathan.

Un presentimiento la hizo estremecerse. Tras ella, una voz familiar y aterciopelada contestó.

–Yo –dijo J.B.–. Espero que no te importe tener otra boca que alimentar.

Estaba acostumbrado a seducir mujeres y llamar su atención, pero rara vez había visto una expresión como la de Mazie. Aunque se había re-

46

compuesto rápidamente, por un segundo su mirada había revelado una mezcla de consternación e interés sexual.

Si dijera que no le había afectado a su ego, mentiría. Aun así, mantuvo la sonrisa.

Mazie rodeó la habitación, manteniendo la mesa de por medio.

–Por supuesto que no. Esta es la casa de mi padre y le gusta recibir gente.

Gerald y Jonathan se sentaron a cada extremo de la mesa, dejando a J.B. y a Mazie frente a frente. De repente, él apareció a su lado para sujetarle la silla mientras tomaba asiento. En el último momento, le rozó discretamente el lateral del cuello con una caricia fugaz.

Cuando los cuatro hubieron tomado asiento, el ama de llaves sirvió el primer plato.

Fue una comida deliciosa. El menú de esa noche consistía en un guiso de gambas con guarnición de ensalada César. J.B. estaba hambriento y comió con voracidad.

A pesar de la animada conversación, Mazie no le miró a los ojos ni le habló directamente. La situación le resultaba frustrante. Las cosas entre ellos habían cambiado, le gustase a Mazie o no.

Mientras la indignación de J.B. iba en aumento, Gerald Tarleton monopolizó la conversación. A pesar de su delicado estado de salud, seguía trabajando cada día. Jonathan y él dirigían una compañía de transportes que había aportado más riqueza a la familia de la que tenían cuando Gerald había tomado las riendas de su padre.

En un momento dado, J.B. acaparó la atención de su anfitrión.

–Señor Tarleton, mi padre me ha pedido que le haga llegar una invitación. Quiere llevarle a pescar en su nuevo barco.

Gerald sacudió la cabeza, dio un trago al vino y por un momento se le vio muy débil.

–Dale las gracias, muchacho, pero ya no salgo mucho. Estos huesos viejos me están dando mucha guerra. Y llámame Gerald, hace tiempo que dejaste de ser un niño.

–El barco es una maravilla, Gerald, es casi tan cómodo como mi casa. La tripulación le tratará de maravilla. Piénselo, ¿de acuerdo? Mi padre le tiene mucho aprecio. Sé que le gustará hablar con usted de negocios.

Por la expresión de satisfacción de Gerald, J.B. supo que había encontrado la manera de superar la negativa inicial del viejo.

–¿Y tú, Mazie Jane? –añadió volviéndose hacia ella–. Creo recordar que te gustaba pescar. Podíamos pasarlo bien.

Quería sacarla de sus casillas. A Mazie nunca le había gustado su nombre completo porque le parecía antiguo. Se atragantó con una gamba y tuvo que limpiarse la boca con la servilleta antes de responder.

–Suena bien –mintió–. Cuando tenga un sábado libre, te avisaré.

No tendría un sábado libre hasta que a las ranas les creciera pelo y J.B. lo sabía muy bien. Se estaba quedando con él. Sus evasivas lo estaban sacando de quicio.

El teléfono de Jonathan vibró al recibir un mensaje. Se lo sacó del bolsillo de la chaqueta, y dirigió una mirada de disculpa a sus acompañantes antes de levantarse.

–Tengo que atender esta llamada. Siento interrumpir la comida.

La cocinera le retiró el plato para mantenérselo caliente. En la mesa permanecieron J.B., Mazie y el viejo, que había empezado a dar cabezadas.

–Tengo que hablar contigo –susurró–. En privado –añadió y señaló hacia la puerta que daba al porche.

Mazie miró a su padre y luego su plato.

–Estoy comiendo.

–No tardaré mucho.

–No tengo nada de qué hablar contigo.

–Pero yo sí tengo algo que decirte –afirmó con rotundidad–. Puedo esperar a que vuelva tu hermano y se entere de todo.

–Qué cara tienes –dijo poniéndose de pie–. Démonos prisa.

Salieron al porche y cerraron la puerta. Mazie se abrazó por la cintura.

–¿Qué es eso tan importante?

–Quiero saber por qué me miras con tanto desagrado.

–Eso no es cierto –dijo ella dando un paso atrás.

–Claro que sí, no soy idiota. Esta mañana, tú y yo hemos estado a punto de…

–Para –lo interrumpió, apoyando la mano en su pecho–. Lo que ocurrió esta mañana fue un error.

Luego volvió a apartarse, como si temiera estar demasiado cerca de él.

–¿Acaso no disfrutaste? –preguntó, arqueando una ceja.

–Eso es lo de menos. No debería haber pasado. No volverá a ocurrir.

–¿De qué tienes miedo? ¿Por qué finges que lo

49

que ha pasado hoy entre nosotros no ha sido especial? Esa clase de conexión no es frecuente, Mazie.

–Estoy convencida de que ese argumento lo has usado con muchas mujeres –farfulló mirándolo fijamente–. Tienes toda una reputación.

Era cierto, no podía negarlo, pero sus recelos venían de muy atrás.

–Cena conmigo mañana –le propuso.

–¿Para seguirme dando la lata con el local?

–¿Prefieres considerarlo una cita?

La había arrinconado. Ni siquiera de niña se amilanaba ante un reto y J.B. se estaba aprovechando de lo bien que la conocía.

–De acuerdo, será una cena de negocios.

–Te recogeré.

–Que sea un sitio informal.

–Voy a llevarte a Étoile de Mer.

–De ninguna manera.

Aquel restaurante francés era romántico y muy elegante, y mantenía las viejas costumbres: los hombres debían vestir con chaqueta y las mujeres de largo.

–Es diciembre, Mazie –dijo sonriendo–. Jonathan me ha contado lo mucho que te gusta esta época del año. El hotel tiene una decoración espectacular y el chef Marchon ofrece un menú especial. La orquesta tocara música navideña. Lo pasaremos bien.

Una sonrisa le curvó los labios a Mazie.

–¿Siempre te sales con la tuya?

–La mayoría de las veces.

–¿Por qué estás haciendo esto? –preguntó.

–Quiero pasar un rato contigo. ¿Tan extraño te resulta?

Era algo extraño y sin precedentes, y ambos lo sabían. Se suponía que debía cerrar un acuerdo, no dejarse arrastrar por una atracción que podía acabar muy mal. Además, era el mejor amigo de su hermano. Era imposible darse media vuelta y no volver a verla nunca más.

—No voy a darte una respuesta sobre la venta de mi local hasta dentro de dos semanas. Necesito pensarlo y hablarlo con Gina. Tengo que valorar las consecuencias de cambiar la tienda de ubicación. Si crees que invitándome a cenar conseguirás que firme el acuerdo, estás muy equivocado.

—¿Y si te digo que esto no tiene nada que ver con los negocios?

Las palabras se le escaparon antes de que pudiera evitarlo. No había sido su intención decir algo tan revelador en voz alta.

Mazie se llevó una mano al cuello y se puso a juguetear nerviosa con el collar de perlas. Al ver que no decía nada, J.B. le reformuló la pregunta.

—¿Y si te prometo que será una cena de placer?

—Me estás asustando.

Lo dijo con ironía, pero él se tomó sus palabras al pie de la letra.

—No hay nada de qué asustarse, Mazie. Seremos simplemente dos amigos disfrutando de la cena.

Era consciente de que iba a ser mucho más que eso. Estaba jugando con fuego.

—Si esto tiene que ver con lo que pasó en la cámara acorazada, déjame que te diga que no suelo ser tan...

—Estuviste increíble —la interrumpió—. No me ha bajado la erección en todo el día.

—¡J.B.!

Su expresión de angustia lo hizo reír.

–Lo entiendo, Mazie. Me estás diciendo que no espere nada después de la cena, que el postre será en el restaurante y no en mi cama.

–Haces que parezca ingenua y ridícula.

–No eres ninguna de las dos cosas, pero mentiría si te dijera que no me llevé una grata sorpresa esta mañana. Maldita sea, Mazie, lo que ha ocurrido entre tú y yo hoy…

Se inclinó sobre la barandilla del porche y se quedó mirando el océano.

–¿Qué pasa con nosotros?

–Hemos conectado –murmuró él.

No sabía cómo explicarlo. No le veía sentido. ¿Se estaba dejando arrastrar por una pasión sexual que lo llevaría a una relación condenada al fracaso?

–Deberíamos volver dentro –dijo ella–. Jonathan se preguntará dónde estamos.

–¿Es Jonathan parte del problema? ¿Te preocupa lo que pueda pensar tu hermano?

–No quiero crear tensión entre vosotros.

–Eso déjamelo a mí.

Se estaba mostrando más seguro de lo que se sentía. Lo más probable sería que Jonathan le diera un puñetazo si descubría que estaba tonteando con su hermana pequeña. Después de todo, Jonathan era el principal culpable de que Mazie llevara tanto tiempo resentida con él.

–Mi padre se ha despertado –dijo Mazie–. Le estoy viendo mover los brazos. Probablemente esté llamando a la cocinera. Volvamos dentro.

J.B. la tomó de la muñeca. Necesitaba tocarla, pero no quería asustarla.

–Quiero volver a besarte.

–¿De verdad?

–Sí, lo estoy deseando. Solo un beso, Mazie.

Lentamente, la atrajo hacia él y la rodeó con sus brazos antes de hundir el rostro en su cuello e inspiró. Tenía que recordar que no era un adolescente excitado y que debía controlarse. Cuando sus labios encontraron los suyos, ella murmuró su nombre. Aquel tono suave y ronco, lo volvió loco. Enredó una mano en su pelo y el beso se volvió más apasionado.

No había imaginado aquel fuego, aquel deseo. Lo que había ocurrido con Mazie esa mañana en la cámara acorazada no se debía a su claustrofobia ni a la subida de adrenalina, sino a ella. No había ninguna duda de que le estaba devolviendo el beso. Cuando iba a apartarse, se aferró a sus hombros y se estrechó contra él. Su erección era evidente y no podía disimularla.

–Mazie, tenemos que volver dentro, tienes razón.

–Espera –dijo y le desabrochó el primer botón de la camisa para acariciarlo.

Aquella provocación lo estaba atormentando. La atrajo hacia una zona más apartada del porche. No quería que Jonathan abriera la puerta y se encontrara a su hermana en una situación comprometedora.

–Suficiente –le rogó J.B. y le apartó la mano para volver a abrocharse la camisa–. Di que sí a la cena de mañana. Es la única respuesta que voy a aceptar.

Ella le sonrió. Tenía los ojos entornados y el labio inferior húmedo e hinchado.

–Sí.

–Ponte un vestido bonito –le pidió, sintiéndose más tranquilo–. Quiero que estés muy guapa.

–Pues si esto va a ser una cita –dijo ella–, querré bailar.

–Me lo anoto.

–Y tomar champán del caro. Tal vez incluso caviar.

–Lo que quiera la señora.

–Todavía no sé por qué estamos haciendo esto –dijo ella, sin apenas rastro de humor en su voz–. Es arriesgado. Las madres sureñas previenen a sus hijas de hombres como tú.

–Lástima que perdieras a tu madre –replicó acariciándole la mejilla–. No sabes cuánto lo siento.

Mazie se volvió como si no fuera capaz de soportar aquel repentino cambio de conversación.

–Tuve más suerte que la mayoría de los niños. Mi padre me lo consentía todo.

La rodeó con los brazos por detrás y apoyó la barbilla en su cabeza.

–Yo también quiero hacer lo mismo.

–Pues no lo parece, a la vista de que quieres arrebatarme mi medio de vida.

–No te pongas melodramática. Además, hemos quedado en dejar a un lado las negociaciones. ¿No es eso lo que querías?

Cada vez le estaba resultando más difícil convencerse de que aquella tregua con Mazie solo tenía que ver con los negocios.

Ella se volvió y alzó los ojos para mirarlo.

–No siempre conseguimos lo que queremos, J.B.

Capítulo Seis

Mazie quería otro beso, pero conocía sus límites. Sabía que estaba jugando con fuego. El sentido común no era compatible con aquel deseo. ¿Podía dejarse arrastrar por aquella pasión sin resultar herida? ¿Podía regodearse en aquella fantasía y aun así hacerle pagar por todo el dolor que le había causado en el pasado?

Abandonó a toda prisa el porche, sin esperar a J.B. Por suerte, su padre estaba distraído tomándose su postre favorito, tarta de melocotón templada con helado, y Jonathan seguía sin volver.

–No sabía dónde os habíais metido –comentó alzando la vista.

–Te habías quedado adormilado –replicó Mazie mientras volvía a tomar asiento–. J.B. y yo estábamos hablando de negocios.

–¿Te está intentando vender algo? –preguntó su padre arqueando una ceja.

–No –contestó Mazie–. Quiere comprar el edificio donde tengo el local.

–Haz que se lo gane.

J.B. volvió a la mesa y se sentó. Se atusó el cabello y dirigió una mirada gélida a Mazie.

–No se preocupe, Gerald, su hija es muy buena negociadora.

Por suerte para Mazie, Jonathan volvió en aquel momento y dieron cuenta del postre, mientras los hombres charlaban sobre deportes y política. Las miradas furtivas de J.B. la mantenían en vilo. A pesar de la animada charla, era evidente que estaba atento a ella.

Poco después, J.B. se despidió. Mazie pensó si acompañarlo hasta la puerta, pero Jonathan se le adelantó, así que se quedó donde estaba, tratando de convencerse de que no era desilusión lo que sentía. Ya había besado a J.B. Vaughan varias veces en un mismo día.

Cuando Jonathan volvió, cerró la puerta e hizo amago de poner la alarma. Mazie lo detuvo.

–¿Te apetece dar un paseo por la playa? –le preguntó en voz baja–. Necesito hablar contigo de un par de cosas y no quiero que papá nos oiga.

Jonathan parecía estar cansado, pero accedió.

–Claro. ¿Sabes que es diciembre y hace frío, verdad?

–Me abrigaré.

Mientras iba a buscar el abrigo, la bufanda y el gorro, no pudo evitar preguntarse si J.B. habría aceptado la invitación de quedarse un rato más. Si Jonathan no hubiera estado en casa, probablemente se lo habría propuesto.

Al pasar por la habitación de su padre, se asomó desde la puerta.

–Jonathan y yo vamos a dar un paseo por la playa –le dijo–. No tardaremos mucho.

Su padre levantó la cabeza y frunció el ceño.

–Es peligroso. Preferiría que os quedarais en casa.

–Vamos a hacer un poco de ejercicio. Jonathan está muy estresado. ¿Va todo bien en el trabajo?

–El jaleo habitual.

–¿Sabes algo de Hartley?

–No –respondió su padre, desviando la mirada–. Anda, idos a pasear y cerrad bien cuando volváis.

–Claro, papá.

Jonathan la estaba esperando. Al verla aparecer, se puso el gorro.

–¿Lista?

–Vamos.

Un portón electrificado daba acceso a la playa por la parte de atrás de la casa. Jonathan desactivó la alarma y lo sujetó para que pasara. Nada más cruzarlo, los pies se le hundieron en la arena, y avanzaron por la playa hasta la orilla. Luego giraron a la izquierda y comenzaron a pasear a buen ritmo. La luna llena iluminaba la oscuridad.

Mazie se quedó contemplando el horizonte. La línea entre el mar y el cielo apenas se distinguía. Siempre había disfrutado mirando el mar. A veces le parecía que todas las respuestas a las cuestiones más importantes de la vida estaban en aquella vasta masa de agua.

Sin embargo, esa noche buscaba una conexión más humana. Quería mucho a su hermano, pero no sabía si podría ser objetivo dadas las circunstancias.

–¿Jonathan?

–¿Sí?

Su hermano estaba sumido en sus pensamientos, con expresión seria.

–¿Confías en J.B.?

–Es mi mejor amigo. ¿Qué clase de pregunta es esa? Por supuesto que confío en él y sé que no se va a aprovechar de ti en ese acuerdo. ¿Es por eso que le estás dando tantas vueltas?

–No, no es eso. Sé que me hará una buena oferta. De hecho, ya me la ha hecho. La única razón por la que no he aceptado todavía es porque quiero que sufra un poco. Es un tipo arrogante y no soporto la idea de ceder tan fácilmente.

Jonathan rio.

–Bueno, admito que es arrogante, pero es honesto. Todo lo que toca lo convierte en oro.

–¿Y a nivel personal?

–Nunca hemos hecho negocios juntos.

–No es eso a lo que me refiero.

Jonathan se detuvo y se volvió para mirarla.

–Te refieres a mujeres –dijo sin más.

–Supongo que sí.

–J.B. y yo somos adultos y no compartimos esa clase de historias. ¿Qué quieres saber, Mazie?

Se rodeó con los brazos. Empezaba a sentir frío.

–No estoy segura. Solo quería saber qué conoces de su vida privada.

–Supongo que lo mismo que todo el mundo –dijo y echó a andar, obligando a Mazie a acelerar el paso para alcanzarlo–, que le gusta salir con muchas mujeres y huye del compromiso.

El corazón se le encogió. Había llegado a la misma conclusión.

–Ya…

–¿A qué viene esto, hermanita?

–Me ha pedido una cita.

Por segunda vez, su hermano se detuvo.

–¿En serio? Pensé que lo odiabas.

–Odiar es una palabra muy fuerte. No es buena idea, ¿verdad?

–Demos la vuelta –dijo y caminó en silencio unos pasos–. ¿Por qué me lo preguntas?

–Bueno... Ambos sabemos que va de conquista en conquista. Si surge algo entre nosotros, cuando termine todo se volverá incómodo, especialmente para ti.

–¿De verdad quieres salir con él, Mazie?

–Sí, aunque sé que no es lo más sensato –respondió e respiró hondo, inspirando el aire salado–. Me gusta mucho, pero J.B. siempre ha sido nuestro amigo. Se me hace extraño.

–¿Cómo crees que me siento?

Aquel comentario de su hermano la hizo sonreír.

–Bueno, no te preocupes. Supongo que será cosa de una sola vez. No creo que entre él y yo haya lo que hace falta para ser pareja.

–No te subestimes. J.B. no es solo un empresario de éxito, también le gusta relacionarse.

–A diferencia de ti –terció, deseando cambiar de tema de conversación.

–No te metas conmigo, Mazie. El trabajo está siendo un infierno últimamente. Papá va todos los días y organiza unos líos tremendos que luego me toca a mí arreglar.

–¿Debería retirarse?

–Creo que sí, pero ¿cómo se lo digo?

–¿Qué me dices de Hartley? ¿No podría ayudarte?

Al oír a Jonathan maldecir entre dientes, se quedó sorprendida. Era algo raro en él.

–No cuento con Hartley, no va a volver. Y aunque lo hiciera, no serviría de nada –dijo furioso–. Papá lo ha sacado de su testamento.

–¿Por qué?

–No puedo decírtelo o, mejor dicho, no quiero

59

decírtelo. Pero confía en mí cuando te digo que hay pecados que son imperdonables.

–Pero yo…

–No voy a hablar contigo de esto, Mazie. Te quiero mucho, pero el tema está zanjado.

El tono vehemente de Jonathan puso fin a la conversación. Habían echado a perder la tranquilidad del paseo.

Los ojos se le llenaron de lágrimas. Jonathan se había quejado del caos de la compañía, pero para ella, su tienda era lo que daba estabilidad a su vida. La salud de su padre estaba en declive, uno de sus hermanos se estaba dejando la vida en el trabajo y el otro los había abandonado. Lo peor de todo era que cada vez eran más intensos los dolores de cabeza de Jonathan, y eso la preocupaba.

Casi habían llegado a la casa cuando Mazie tomó del brazo a su hermano.

–Lo siento. Sé que te estás haciendo cargo de los negocios. Me gustaría poder ayudarte.

–Ya verás como todo se arregla. Es cuestión de tiempo.

Ella suspiró.

–Creo que debería ir a Vermont a ver a mamá.

–No me apetece entrar todavía –dijo Jonathan deteniéndose.

Se sentaron en la arena y Mazie se abrazó las rodillas.

–Me sentiré culpable si no lo hago.

–Ni siquiera sabe quiénes somos. Hace años que no nos reconoce. Además, fuimos hace un mes.

–Lo sé, pero es mamá y es Navidad. ¿Te has preguntado alguna vez por qué papá eligió un sitio tan lejos de Charleston?

Jonathan rio con amargura.

–Por supuesto. A su favor tengo que decir que la ciudad de Ravenwood ofrece los mejores centros de residencia asistencial. Créeme, lo he comprobado. Nadie puede ponerle ninguna pega. Está pagando un dineral para que esté bien atendida.

–En el fondo creo que no quiere pensar en ella. Todo resulta más fácil teniéndola a más de mil quinientos kilómetros. ¿Cuándo fue la última vez que fue a verla?

–No lo sé, hará dos años, tal vez tres.

–Podía haberse divorciado de ella.

–Estoy convencido de que todavía la quiere, Mazie.

Tal vez los Tarleton estaban condenados a entregar su corazón de manera incondicional. Después de todo, ¿no estaba Mazie planteándose hacer lo mismo? Ya conocía cómo se había comportado J.B. con ella, y aun así tenía esperanzas de que hubiera cambiado.

Permanecieron en silencio, escuchando el romper de las olas y contemplando las estrellas.

–Siempre deseé que nuestra familia fuera como la de los Vaughan –comentó Mazie, apoyando la barbilla en las rodillas–, una familia unida y normal.

Jonathan le revolvió el pelo.

–Yo no consideraría normal a mi amigo, pero sí, entiendo a lo que te refieres –dijo y se recostó en los brazos–. Supongo que a todos nos afectó lo que pasó. Lo sentí sobre todo por ti. Recuerdo el día que mamá te dejó llorando durante horas.

–Y tú te perdiste el entrenamiento de béisbol para venir a casa, sentarte en mi cama y leerme *La casa de la pradera*.

–Nunca fue una buena madre. Prácticamente nos criamos solos.

–Lo sé. Me daba miedo cada vez que se sentaba delante de la ventana y pasaba horas sin hablar.

–No vayas a Vermont, Mazie, te pondrá muy triste. Espera y en enero iré contigo. O tal vez en febrero.

–Me lo pensaré.

–¿Y qué harás con J.B.?

–También me lo pensaré –respondió levantándose y sacudiéndose la arena–. ¿Quién sabe? Tal vez tú y yo no estamos hechos para tener una relación seria.

–Habla por ti –dijo Jonathan y se puso de pie de un salto–. Pienso ligar mucho este fin de semana en una isla tropical, con una copa en una mano y la crema bronceadora en la otra.

–¿De verdad?

Enfilaron hacia el portón, sus risas flotando en la brisa.

–Eres muy inocente, Mazie Jane, te lo crees todo. Tendrás que espabilar antes de salir con J.B.

Mazie se bebió de un trago su café y soltó una palabrota al quemarse la lengua.

–¿Puedes abrir la puerta? No sé qué he hecho con mis llaves.

Gina pasó a su lado, introdujo el código de la alarma y forcejeó con el cierre.

–Espero que nos mudemos pronto. Odio esta puerta.

Entraron en la tienda y dejaron sus cosas en el despacho. Mazie solía ser la más animada por las mañanas. Gina tardaba más en espabilarse. Pero Mazie había pasado una mala noche dando vueltas a la idea de llamar a J.B. y cancelar su cita. No sabía qué era peor, si ir o no ir. Se sentía agotada y confusa.

Mientras llevaban a cabo sus rutinas matutinas, Mazie sintió el impulso de contarle a Gina todo lo que había pasado en la cámara acorazada del banco y lo de la noche anterior en el porche. Necesitaba consejo, apoyo y una dosis de cordura. Se suponía que debía estar planeando su venganza, no pensando en cuánto había disfrutado besándolo, acariciándolo, sintiendo sus manos en su cuerpo...

Gina agitó una mano delante del rostro de Mazie.

–¿Hola? No te distraigas, jefa, necesito que te concentres. Hoy viernes llegan dos cruceros y hay un festival de música. Vamos a estar a tope el fin de semana.

–Tienes razón –dijo distraídamente.

–¿Estás bien, Mazie? –preguntó Gina, ladeando la cabeza.

Capítulo Siete

Mazie cambió de tema y se puso a desembalar una caja llena de pendientes.

Según avanzó la tarde, no dejó de dar vueltas a una idea: no iba a acostarse con J.B., de ninguna manera.

Aquella tarde después del trabajo, mientras se preparaba, se preguntó si tendría planeado llevársela a su casa después de cenar. Teniendo en cuenta lo que había pasado en la cámara acorazada del banco, no era descabellado.

Tenía claro lo que iba a ponerse. Hacía un año, para una fiesta benéfica de gala, se había comprado un vestido por internet que no había llegado a estrenar porque había caído enferma en el último momento. Desde entonces, el vestido había estado colgado en su armario. Era largo hasta el suelo y de terciopelo verde, un diseño elegante y clásico. Un amplio escote hacía resaltar sus pechos y la espalda se abría en uve, dejando sus hombros y brazos al descubierto.

En lo que más dudas tuvo fue en el peinado. Al final, optó por dejarse el pelo suelto.

Por suerte, Jonathan no había vuelto todavía de trabajar cuando llegó la hora de que J.B. la recogiera. Su padre tampoco estaba en casa, ya que había salido a cenar con amigos, y a la cocinera y ama de llaves le habían dado la tarde libre.

Cuando J.B. se detuvo ante la casa en su lujoso todoterreno, no había nadie para presenciar el momento. Se asomó por la ventana y lo vio subir la escalera. Era un hombre imponente. Había algo muy masculino en él. Esa noche, vestido con un esmoquin negro y una impecable camisa blanca, parecía un rompecorazones. Mazie conocía esa faceta suya mejor que nadie.

J.B. estaba sorprendido de lo nervioso que se sentía. Cuando Mazie abrió la puerta, el corazón empezó a resonarle con fuerza dentro del pecho. Su melena castaña caía sobre sus hombros y el vestido verde resaltaba su esbelta figura. Quiso acariciar la suavidad de aquel tejido, pero su instinto de conservación se lo impidió. En vez de tocarla, se aclaró la voz y sonrió.

–Estás impresionante, Mazie. He dejado la calefacción puesta en el coche por si no quieres ponerte nada más. Tampoco hace tanto frío esta noche. Puedes dejar el abrigo en el asiento de atrás por si luego lo necesitas.

Se había hecho a un lado para dejarlo pasar. J.B. estaba en el vestíbulo, deseando tomarla en brazos y besarla hasta dejarla sin sentido. En su lugar, se metió las manos en los bolsillos e hizo acopio de todo su autocontrol.

–Gracias, haré eso –dijo Mazie sonriendo.

El ambiente en aquel momento era de cautela. La atracción física entre ellos era contenida. La había herido en una ocasión y no confiaba en él, algo que tenía que lograr que cambiara.

Después de que Mazie cerrara la puerta y pusiera la alarma, J.B. la tomó del codo y la observó mientras bajaban la escalera. Aquel roce fue suficiente para que le hirviera la sangre.

La ayudó a meterse en el asiento del copiloto y cerró la puerta. Luego rodeó el coche y se colocó detrás del volante. Mazie se puso el cinturón de seguridad, entrelazó las manos sobre su regazo y se sentó muy erguida. No era la postura de una mujer que estuviera deseando disfrutar de una noche emocionante. Más bien, parecía estarse preparando para recibir malas noticias.

—No muerdo —dijo él bromeando.

Atravesaron la verja y enfilaron hacia el puente Ravenel. Mazie lo miró de reojo.

—No estoy segura de que esto sea una buena idea —comentó—. No tenemos nada en común.

—No es lo que me pareció cuando nos quedamos encerrados en la cámara del banco.

—Fue un accidente.

—Eso lo dices tú —dijo con ironía—. Tenemos un pasado.

Disfrutaba burlándose de ella.

—Me sorprende que saques el tema.

Había dado en el clavo. Ahora estaba seguro de que su camino estaba sembrado de minas. A pesar de los años que habían pasado, seguía enfadada con él por haberla rechazado.

—¿Sigues enfadada porque no quise ir al baile contigo?

—No te lo tengas tan creído. Superé aquel momento tan embarazoso esa misma noche. Fuiste un cretino arrogante, además de descortés. Pero aprendí mucho de aquello.

—¿Qué aprendiste?

–A no confiar en ti.

–Quiero proponerte una tregua –dijo aferrándose al volante–. ¿Y si empezamos de cero? Una nueva relación, un nuevo comienzo.

–¿Con qué fin?

–Estamos en la época de los buenos deseos, ¿no te parece suficiente? –preguntó y alargó el brazo para tomarla de la muñeca–. Esto no tiene nada que ver con que quiera comprarte el local, Mazie. Lo quiero, sí, pero podemos dejar los negocios para otro día. Esta noche, lo único que me interesa eres tú.

No pretendía ser tan sincero, pero su empeño en no aceptarlo le resultaba frustrante.

En el hotel, J.B. le dio al aparcacoches las llaves del coche junto a una generosa propina.

–¿Quieres el abrigo?

–No, estoy bien.

El asiento del todoterreno era alto. Mazie tenía piernas largas, pero el vestido era entallado. Sin previo aviso, la tomó de la cintura y la dejó sobre la alfombra roja que llevaba hasta la entrada. A su alrededor, la decoración rebosaba colorido, con flores de acebo, magnolias y lazos de raso rojos por doquier. El rostro de Mazie se iluminó. Sus reservas parecían estar cediendo en aquella atmósfera festiva.

–Esto es precioso.

Por un instante le apretó la mano, provocándole una sonrisa tierna. Por desgracia, el momento fue demasiado breve.

La rodeó con el brazo por la cintura y la acompañó al interior.

Étoile de Mer era un bonito ejemplo de la esencia

del antiguo Charleston. Aquel elegante restaurante contaba con cinco tenedores y era necesario hacer reserva con más de seis meses de antelación. J.B. había tenido que pedir unos cuantos favores para conseguir una mesa a las siete. Viendo la expresión de Mazie, todos los engorros habían merecido la pena.

El camarero los condujo por la escalera hasta la entreplanta. Su mesa estaba en un mirador que daba hacia la calle. Después de pedir el vino y los aperitivos, J.B. se recostó en su silla y se quedó observándola.

–¿Has comido aquí antes?

–No, suelo salir con amigos, pero elegimos sitios más informales. Tampoco tengo una vida social muy intensa. Jonathan y yo nos turnamos para cuidar de papá cuando queremos salir.

–¿No puede quedarse solo?

–Sí, pero Jonathan y yo somos sus muletas emocionales. Después de que Hartley desapareciera, creo que papá se dio por vencido y empezó a comportarse como un anciano.

–¿Sabes dónde está tu hermano?

–No, ni siquiera sé lo que pasó. Jonathan no quiere contármelo. ¿Sabes algo?

–Lo siento, no tengo ni idea. Jonathan y yo estamos muy unidos, pero apenas habla de Hartley.

–Vaya, pensé que podrías contarme algo. Si te soy sincera, me resulta doloroso. Nos llevábamos muy bien. No puedo creer que se fuera sin decir nada –comentó Mazie jugueteando con su copa–. Siempre he tenido mucha envidia de tu familia.

–¿De veras? ¿Por qué?

–Los Vaughan siempre habéis sido gente muy normal. Tienes suerte, J.B.

Aquel comentario lo pilló desprevenido.

–Supongo que sí.

El camarero apareció para tomar la comanda, interrumpiendo la conversación. Mazie pidió arroz meloso con gambas y J.B. solomillo con guarnición de pastel de cangrejo.

Cuando se quedaron de nuevo solos, J.B. retomó la conversación.

–¿Qué pasará con tu padre cuando Jonathan y tú decidáis casaros?

Mazie arrugó la nariz.

–No creo que tenga que preocuparse por eso. Mi querido hermano no deja que nadie se le acerque y yo…

Se quedó callada. Parecía incómoda.

–¿Tú qué?

–Tengo miedo.

–¿Miedo de qué?

–No quiero amar a alguien tanto como para sentirme cegada o atrapada. Mis padres no son el mejor modelo de matrimonio. Ya conoces las estadísticas, tú mismo formas parte de ella, no te lo tomes como una ofensa.

J.B. se estremeció para sus adentros. Mazie había sufrido lo suyo. Seguramente lo había pasado mal viendo a su padre enviar lejos a su madre, a pesar de las circunstancias.

–Entiendo lo que dices, pero tu argumento no se sostiene. Mis padres formaban un matrimonio ejemplar y aun así acabé dejándome embaucar por una arribista que me desplumó con el divorcio.

–¿Tus padres no intentaron detenerte?

–Por supuesto, y varios amigos, incluido Jonathan, pero estaba cegado por la atracción física.

–No tanto como para no darte cuenta de lo que obtenías a cambio.

El humor de Mazie estaba suavizando viejas heridas.

–Tenía veintidós años y me dejé llevar por las hormonas. No estaba en mi mejor momento.

–Si te soy sincera, ese año estaba en la universidad y solo me enteré de algún cotilleo ocasional. Pero recuerdo que me quedé muy sorprendida.

–¿Por qué? –preguntó J.B. ladeando la cabeza.

–Porque siempre supiste lo que querías. Aun a riesgo de aumentar tu ya de por sí enorme ego, me resulta muy difícil imaginar que una mujer te abandone a los pocos meses, por muy difícil que sea convivir contigo. Tal vez su intención desde el principio era hacerse con tu dinero.

–Si estás intentando hacerme sentir mejor, no está funcionando.

Ella sonrió con picardía.

–Lo siento. Te conozco y te odio desde hace tanto tiempo que no puedo andarme de puntillas con tus sentimientos. Eso, suponiendo que tengas.

Era evidente por su sonrisa que se estaba burlando de él.

–Los tengo –dijo él–. Ahora mismo estoy sintiendo algo.

Estaba flirteando por el mero placer de ver su reacción.

Mazie no parecía saber cómo interpretarlo y se concentró en la comida, desconcertada por su manera de provocarla. Cuando por fin alzó la cabeza y clavó la mirada en él, supo al instante que se estaba metiendo en terreno pantanoso.

–Déjame preguntarte una cosa, J.B.

–Lo que quieras –replicó él agitando una mano en el aire–. Soy un libro abierto.

–Si no nos hubiéramos quedado encerrados en la cámara acorazada del banco y no hubiéramos acabado en una situación tan comprometedora, ¿me habrías invitado a salir?

Tenía el tenedor a medio camino de la boca, pero se quedó sin saborear el trozo de carne. Lentamente bajó el cubierto, se limpió los labios con la servilleta y frunció el ceño.

–¿Es una pregunta con trampa?

–No, simplemente te estoy preguntando si estaríamos aquí ahora mismo si no hubieras tenido claustrofobia y no hubiéramos recurrido al sexo para distraerte. Has tenido toda una década para invitarme a salir. ¿Por qué ahora?

Mazie se quedó observando a J.B., analizando cada detalle de su expresión. Quería creer que gracias a su intuición, sabría reconocer si estaba disimulando. Pero no podía olvidar que era un experto usando sus encantos. Las chicas se lanzaban a sus brazos ya desde antes del instituto. No era de extrañar que se mostrara tan seguro de que iba a comprarle el local. Estaba acostumbrado a que las cosas le salieran bien y la vida le sonriera.

Si bien era cierto que su matrimonio había sido un error de juventud, había sobrevivido. Se había sentido humillado y había escarmentado, y posiblemente también se había quedado desconsolado. Aun así, no parecía haberle afectado demasiado.

Su silencio después de la pregunta resultaba inquietante. ¿Se estaba inventando una historia creíble, algún cuento para halagarla y seducirla?

–¿J.B.?

–Haces preguntas difíciles, Mazie Tarleton. Me gustaría darte una respuesta meditada. Tal vez yo mismo no tengo claro el motivo. Puede que ni siquiera esté seguro de por qué te he invitado a cenar o que tenga miedo de que la verdad te moleste.

Mazie se quedó boquiabierta. No esperaba ese grado de sinceridad.

–¿Y qué tienes que decirme? No me dejes con la intriga.

Contuvo la respiración a la espera de oír su respuesta. Justo en aquel momento les llevaron los platos. Tuvo que soportar el ir y venir de camareros y sumilleres, e incluso que el *maître* se acercara para preguntarles si todo era de su agrado.

Cuando por fin se quedaron solos, el momento parecía haber pasado. Mazie suspiró para sus adentros. Una orquesta en el piso inferior había empezado a tocar villancicos. Las risas y el tintineo de las copas resonaban en el restaurante.

En cualquier otra ocasión y con otra compañía, se habría limitado a disfrutar de la situación. En vez de eso, dio cuenta de la comida de manera mecánica. Lo único en lo que podía pensar era en el hombre que estaba sentado frente a ella. ¿Por qué tardaba tanto en contestar?

Sirvió más vino en las copas, se terminó la carne y se quedó mirándola fijamente.

–La respuesta a tu pregunta es no –dijo él–, no te habría invitado a salir. La razón por la que lo he hecho tiene que ver con lo que pasó en la cámara acorazada del banco.

Capítulo Ocho

Mazie se quedó paralizada, presintiendo el peligro. La mirada de J.B. se había oscurecido y era de un intenso color azul. Nada en él sugería que estuviera de broma. Tragó saliva. De repente se le había secado la garganta.

–Entiendo.

J.B. bebió un largo sorbo de vino, contrayendo los músculos de su cuello al tragar. Sin pretenderlo, habían cruzado una línea, habían atravesado una barrera. El afable y sofisticado hombre de negocios había desaparecido. Su lugar había pasado a ocuparlo un hombre primitivo de mejillas encendidas, ojos brillantes del color del zafiro y un cuerpo que irradiaba calidez y masculinidad.

Su mano derecha sujetaba una copa de cristal, la izquierda se movía nerviosamente sobre el mantel de lino blanco. Sus dedos tamborileaban a un ritmo que solo él podía oír.

Al final, se quedó mirándola con aire taciturno.

–¿Es eso lo único que se te ocurre decir?

–Tal vez te has llevado una impresión equivocada de mí –susurró ella, consciente de la gente que pasaba cerca de ellos.

–O tal vez ocultas tu verdadero yo al mundo.

–No soy esa clase de mujer –dijo ella–. Habrá sido la adrenalina u otra cosa.

–Sí, otra cosa… –repitió J.B. sonriendo–. Eres

73

una mujer sensual, Mazie. Sexy, guapa y muy atractiva en muchos aspectos. Llevamos años esquivándonos para no cruzarnos. En alguna ocasión te he visto rodear una sala abarrotada solo para evitarme. ¿Por qué?

–Te estás imaginando cosas –dijo ella.

Le sorprendía que se hubiera dado cuenta, pero no era de extrañar. No se le escapaba nada.

–No –replicó–, no me estoy imaginando nada. Me has estado evitando y ayer, cuando pasé ese momento tan embarazoso, tu compasión fue más fuerte que tu necesidad de guardar las distancias. Cuando nos rozamos, fue como echar gasolina a un fuego.

–No digas eso –le pidió–. No es cierto.

–Puedes negarlo todo lo que quieras, pero estaba allí, Mazie. Así que sí, fue por eso por lo que te pedí salir, aunque sabía que no sería una buena idea. Estaba deseando volver a tocarte –dijo y se puso de pie a la vez que dejaba la servilleta en la mesa–. Baila conmigo. El postre puede esperar.

Le puso la mano en la cintura y suavemente la hizo levantarse.

Mazie se estremeció. Era incapaz de mirarlo a los ojos en aquel momento. El corazón le latía con fuerza y sus pechos ansiaban sus caricias.

Bajaron los escalones alfombrados hasta la pista de baile. Luego, la rodeó entre sus brazos y comenzaron a moverse al ritmo de la música. J.B. se movía como si se supiera la música de memoria.

Se sentía agasajada entre sus brazos, pero a la vez era consciente del riesgo que corría. Su cuerpo había empezado a reaccionar ante sus caricias. El corazón de J.B. latía con fuerza bajo la palma de su mano y sentía sus dedos cálidos en la parte baja de la espalda. Ninguno de los dos dijo nada. No eran necesarias las palabras. Sentía su cálido aliento junto a la sien y su cuerpos parecían haberse fundido. Estaban en un lugar público y bailar era la única razón aceptable para que un hombre y una mujer estuvieran tan cerca.

Las canciones siguieron sonando una tras otra. Mazie se sabía todas las letras y todas las notas. Había pasado muchas Navidades preguntándose por su futuro y repitiéndose a sí misma lo mucho que despreciaba a J.B. Ahora todo parecía estar cambiando.

—¿Te apetece tomar algo? —preguntó al cabo de un rato, apartándole un mechón de pelo de la mejilla.

Aquellas palabras no tenían nada de extraordinario, pero la expresión de sus ojos, sí. Mazie asintió, sonrojándose. Lo que sucediera esa noche dependía de ella. Por mucho que se repitiera que tenía que alejarse de J.B., la verdad era muy distinta. Lo deseaba.

De la mano, subieron los escalones hasta su mesa y echaron un vistazo a la carta de postres. Mazie se bebió dos vasos seguidos de agua. Las copas de vino habían sido rellenadas como por arte de magia.

—Creo que no puedo —dijo Mazie cuando les sirvieron el pudin cubierto de nata—. Estoy llena.

—Al menos pruébalo —le pidió J.B. sin apartar la vista de su rostro.

Partió un trozo y Mazie abrió la boca automáticamente al ver que le acercaba la cuchara a la boca. Bajo la mesa, apretó los muslos.

—Umm —masculló, antes de masticar y tragar.

Estaba deseando quitarle el esmoquin y hacerle toda clase de travesuras.

Por su sonrisa pícara supo que había adivinado sus pensamientos. Sin previo aviso, J.B. se inclinó hacia delante y la besó en la boca, limpiándole suavemente una gota de nata.

–Me gusta cómo sabes.

–Para –dijo respirando pesadamente–. La gente nos está mirando.

–No ha sido más que un beso. No te preocupes, nadie puede vernos.

Tenía razón. Las luces del restaurante se habían atenuado. Había un trío de velas rojas en su mesa. Unos antiguos biombos y unas plantas estratégicamente colocadas creaban un entorno único para J.B. y Mazie.

El camarero siguió pasando por la mesa, pero no tan a menudo, puesto que ya casi habían terminado de cenar.

Dio un sorbo a su vino y se sintió como si flotara. No solo se lo estaba pasando bien sino que estaba en compañía de J.B. y no deseaba estrangularlo. Era un avance, ¿no?

Por suerte para su equilibrio emocional, no volvió a ofrecerle más postre. Tomó un par de bocados más y dejó que se lo terminara. Era alto y fuerte y podía permitirse un extra de calorías.

Mientras habían estado bailando, J.B. había dejado el teléfono en la mesa, silenciado. De repente vibró. Miró la pantalla y, antes de que pudiera decir nada, otra llamada entró desde el mismo número.

–Es mi hermana Leila. Nunca llama a esta hora del día. ¿Me disculpas?

–Claro.

J.B. se puso de pie y el teléfono vibró una tercera vez. Algo le decía que aquello no eran buenas noticias. Se quedó mirándolo mientras se apresuraba a bajar los escalones y salir por la puerta para hablar en privado. Aunque estaba junto a la ventana, no podía verlo en la calle.

En menos de cinco minutos volvió completamente pálido.

–Lo siento, tengo que irme. Es mi madre –dijo y tragó saliva–. Ha tenido un infarto. Todavía no saben qué daños ha sufrido. Puede que tengan que operarla esta misma noche.

Mazie abrió los ojos de par en par. La familia de J.B. estaba muy unida y la matriarca era muy querida.

–Vete –dijo Mazie–. Yo me ocuparé de la cuenta y tomaré un taxi. Anda, vete, date prisa.

Levantó la mano y llamó al camarero. J.B. dudó. No había ni rastro de su habitual aplomo.

–Odio tener que dejarte.

–Podría ir contigo.

Incluso los hombres fuertes necesitaban consuelo.

El camarero llevó la cuenta y J.B. le dio su tarjeta de crédito. Cuando el hombre se fue, la miró y suspiró.

–Me encantaría que vinieras si quieres.

–¿No se extrañará tu familia cuando me vean aparecer contigo?

–Los conoces a todos. Nadie se dará cuenta.

El camarero regresó con el recibo, J.B. lo firmó y se guardó la tarjeta de crédito.

El aparcacoches le llevó el coche en tiempo récord. J.B. ayudó a Mazie a meterse en el asiento.

La ropa que llevaba no era la adecuada para hacer una visita a un hospital, pero la de él tampoco.

J.B. atravesó las calles del centro a toda velocidad. Ya en el hospital, aparcó junto a la entrada de urgencias y salió rápidamente, solo deteniéndose para ayudar a Mazie.

–Puedo esperarte en el coche –dijo, sintiéndose incómoda con aquel vestido llamativo.

–Quiero que vengas –dijo tomándola de la muñeca.

Una vez en el interior, fue cuestión de minutos que una enfermera los llevara hasta donde los esperaban. El cardiólogo acababa de llegar para hablar con la familia. Aunque estaban en mitad del pasillo, Mazie pudo ver a la madre de J.B. a través de la puerta entreabierta. La mujer estaba conectada a un montón de máquinas.

De haber sido otra familia, les habrían llamado la atención por ser tantos. Pero teniendo en cuenta que los Vaughan habían reconstruido un ala completa de pediatría en los últimos años, eran tratados como importantes personalidades.

La expresión del médico era grave.

–La señora Vaughan ha sufrido un infarto muy agudo. Está muy débil y todavía no está estable. Creo que no es conveniente esperar a mañana para operarla.

Mazie reconoció al padre de J.B. y a sus dos hermanas, Leila y Alana. De niños, Jonathan, Hartley y ella habían pasado mucho tiempo en casa de los Vaughan, pero hacía años que no los veía. Las dos hermanas y el padre tenían los ojos enrojecidos.

–Estamos en sus manos, doctor Pritchard –dijo el señor Vaughan–. Díganos qué debemos hacer.

El médico anotó algo en su cuaderno.

—Ha estado preguntando por su hijo —dijo mirando a J.B.—. Vamos a dejar que pasen unos minutos con ella y luego la prepararemos para la intervención. No quiero alarmarlos, pero han de saber que la operación conlleva un riesgo importante. Si no la llevamos a cabo, puede sufrir otro infarto, probablemente mortal. Así que no nos queda otra opción.

—Supongo que sus otros problemas de salud lo complican todo —afirmó el señor Vaughan.

—Sí, teniendo en cuenta que es hipertensa y que tiene un trastorno inmunológico las cosas se complican —dijo—. Necesitamos que luche y que piense que va a ponerse bien, así que nada de lágrimas ni de dramas.

La expresión de J.B. era seria. Se le veía tenso.

—Entendido.

—Y ahora, si me disculpan, voy a pedir que preparen el quirófano. Una vez comience la intervención, les mantendremos informados en la sala de espera.

El médico se despidió con una inclinación de cabeza y desapareció por el pasillo.

—Iré a hablar con ella —anunció J.B. irguiéndose.

—No podemos perderla, hijo —dijo su padre, y lo abrazó—. Es el alma de nuestra familia.

—Lo sé, papá, lo sé.

Mazie no supo interpretar la mirada que J.B. le dirigió. Después de abrazar a sus hermanas, entró en la habitación.

—Hola, mamá. ¿Qué es eso que he oído de que has asustado a papá? Eso no está bien.

Los cuatro se quedaron en el pasillo, tratando de escuchar.

La señora Vaughan pareció animarse al ver a su primogénito.

–Pero qué guapo estás. ¿Has tenido una cita esta noche?

–Sí, mamá.

–Eso está bien.

Unas lágrimas inundaron los ojos de Mazie al ver a J.B. sentarse al borde de la cama y entrelazar cuidadosamente los dedos con los de su madre. Luego, le besó la mano.

–Nos has dado un buen susto, pero vas a ponerte bien.

Por el gesto que puso, Mazie supuso que la mujer era consciente de su situación.

–Quiero que me prometas una cosa –dijo su madre con voz débil.

–Lo que quieras, mamá. Pídeme lo que sea.

–Si me pasa algo, quiero que cuides de tu padre y de tus hermanas. Dependen de ti, J.B.

Leila sollozó y rompió a llorar, y enseguida se apartó de la puerta. Alana rodeó a su padre por la cintura. Mazie también tenía los ojos húmedos. A través de la puerta vio a J.B. inclinarse y besar a su madre en la mejilla.

–No hablemos de eso. Tengo una sorpresa para ti. Iba a esperar a Navidad para contárselo a todo el mundo, pero quiero que lo sepas esta noche. Le he pedido a Mazie Tarleton que se case conmigo. Nos hemos comprometido y, si Dios quiere, no tardaremos mucho en darte nietos.

El rostro de la señora Vaughan se iluminó y una lágrima rodó por su mejilla.

—¿De veras, hijo? Eso es maravilloso.

Mazie se quedó de piedra unos segundos hasta que se dio cuenta de lo que J.B. estaba haciendo. Le estaba dando a su madre una razón para luchar, una razón para vivir. Mazie supuso que los tres Vaughan que estaban en el pasillo la someterían al tercer grado, pero estaban demasiado concentrados en lo que estaba ocurriendo dentro del cubículo de urgencias.

Contuvo la respiración. Durante unos segundos, la actuación de J.B. le tocó la fibra. Si tanto odiaba a aquel hombre, ¿por qué esas palabras, a pesar de ser falsas, le habían llegado tan hondo?

La señora Vaughan miró por detrás de su hijo.

—¿Está aquí, J.B.? Hace siglos que no la veo.

J.B. volvió la cabeza y se encontró con la mirada de Mazie. Ella asintió lentamente, alarmada por lo atractivo que le resultaba el inesperado papel que tenía que desempeñar. ¿Estaba deseando ser la prometida de J.B., aunque fuera como parte de una mentira piadosa?

El señor Vaughan y sus dos hijas se hicieron a un lado. Mazie se alisó la falda y le entregó el bolso a Alana antes de abrir la puerta.

—Estoy aquí, señora Vaughan.

La madre de J.B. alargó la mano.

—Siéntate donde pueda verte. Y tutéame, llámame Jane. Oh, querida, estás preciosa. Con ese vestido pareces una modelo. Tu madre estaría muy orgullosa.

J.B. se puso de pie y dejó que Mazie ocupara su lugar. Se sentó en la cama con cuidado, evitando interferir en todas aquellas máquinas.

—Hace mucho que no nos vemos, señora Vaughan, digo, Jane. Siento que no te encuentres bien.

Jane Vaughan sonrió y acarició el terciopelo de la falda de Mazie.

—No podría estar más contenta —dijo—. Enséñame el anillo.

—J.B. quiere que le ayude a elegir el anillo, así que todavía no lo tengo.

J.B. se acercó y puso una mano en el hombro de Mazie. Sentía sus dedos cálidos sobre su piel desnuda.

—No la haré esperar mucho, mamá. Acabo de pedírselo.

—Entiendo.

Por un momento fue como si la madre de J.B. se estuviera dando cuenta de la farsa, pero no borró la sonrisa de sus labios. J.B. abrazó a Mazie y luego se agachó para besar a su madre en la frente.

—Cuando te hayas recuperado, nos gustaría que nos ayudaras con los preparativos de la boda.

—Por supuesto —intervino Mazie—. Conoces todos los sitios de Charleston y a los mejores profesionales. Voy a necesitar mucha ayuda.

Jane tenía los ojos humedecidos. Tomó la mano de su hijo y la de Mazie.

—No me perdería esta boda por nada en el mundo.

J.B. sonrió.

—Tómatelo como un ensayo para cuando Leila y Alana quieran sentar la cabeza.

—Te dejaré para que descanses —dijo Mazie levantándose, sintiendo la calidez del cuerpo de J.B. a su espalda.

—Te quiero, mamá. Me quedaré aquí durante la operación. Todos vamos a estar, no tengas miedo.

Jane sonrió débilmente, cansada por la conversación.

–No tengo miedo. Tu padre y yo hemos tenido una buena vida. Cuando me vaya, no dejes que se ponga triste.

Mazie se inclinó y la besó en la mejilla, consciente de lo mucho que echaba de menos no poder contar con su madre.

–Todavía no ha llegado tu hora. Todos te necesitamos.

Cuando salió de la habitación, el resto de la familia entró para darle ánimos. Al poco, apareció la enfermera con el sedante para la operación. Mazie se apoyó en la pared del pasillo y rezó una oración por Jane.

Cuando J.B. salió de la habitación, la miró con cautela. Ella sacudió la cabeza, aturdida.

–Siempre fuiste rápido.

–Considero el matrimonio una cosa muy seria –dijo J.B. pasándose las manos por el pelo–, pero quería darle una razón para luchar.

–Es lógico, pero ¿y el resto de tu familia?

–No hace falta que les contemos la verdad ni que les expliquemos nada. Ya tienen bastante.

Aquella mentira la mantendría unida a él indefinidamente y no sabía muy bien cómo tomárselo.

–Voy a pedir un taxi.

–Te llevaré a casa.

–No, tienes que quedarte aquí. Me las arreglaré.

El J.B. que conocía había desaparecido. En su lugar veía a un hombre que estaba preocupado, pero que trataba de que no se le notara.

Estaba empezando a sentir algo muy fuerte. No quería admirarlo ni sentir empatía por él. Nadie podría culparla si salía corriendo. Intimar con J.B. amenazaría la serenidad que tanto le había costado alcanzar.

Por más de una década se había convencido de que no le gustaba aquel hombre. ¿Cómo era posible que sus sentimientos hubieran cambiado de manera tan radical? Su corazón le decía que saliera huyendo. Sin embargo, de sus labios escaparon unas palabras cargadas de emoción, palabras que denotaban que su corazón estaba más implicado de lo que estaba dispuesta a admitir.

–Voy a cambiarme de ropa. ¿Te gustaría que volviera después?

Capítulo Nueve

J.B. se quedó de piedra. De alguna manera, la mentira que se le había ocurrido lo estaba cambiando todo. Parecía haberse establecido una relación de familiaridad entre ellos cargada de sentimientos. Mazie se había ofrecido para ayudarlo y reconfortarlo como si de verdad fuera su prometida.

Asintió lentamente. Por un instante, su mirada reveló su sorpresa.

—Sí, por favor.

—¿Quieres que pase por tu casa y te traiga otra ropa?

Sabía dónde vivía. Jonathan, Hartley y ella habían ido a fiestas allí. Era una casa fabulosa con vistas a Battery.

—¿No te importa?

—En absoluto. Llamaré a Jonathan y le diré lo que pasa para que mi padre no se preocupe.

Él asintió.

—Te mandaré un mensaje con el código de la alarma y lo que quiero que me traigas. ¿Te atreves a conducir el todoterreno?

Le entregó las llaves y al rozar sus dedos, sintió fuego.

—Sí, pero iré despacio aunque sea tarde y no haya mucho tráfico.

—Gracias, Mazie —dijo tomándola por la barbilla—. Nunca imaginé que esta noche acabaría así.

La besó suavemente. Al principio, fue un beso de agradecimiento, pero en cuestión de segundos pasó a ser apasionado. Se sintió seducida y el corazón le empezó a latir con fuerza.

Sus labios eran firmes y exigentes. Por sus gemidos supo que aquella conexión entre ellos, esa que ninguno de los dos había querido ni pretendido, era difícil de ignorar. No era así como habían imaginado que terminaría la noche.

–Tengo que irme –dijo Mazie apartándose.

Por la manera en que J.B. la estaba mirando, se sintió alarmada y desconcertada. Habían pasado de compartir una velada llena de romanticismo e insinuación a algo mucho más real.

Él asintió. Su mirada estaba cargada de emociones que no supo descifrar.

–Ten cuidado. Y llámame para cualquier cosa.

–Volveré lo antes posible –dijo rozándole la mano–. Saldrá de esta, J.B. es una mujer fuerte.

–Espero que tengas razón.

De vuelta en su casa, Mazie se quitó el vestido de terciopelo y se puso unos vaqueros desgastados y un jersey amarillo de algodón. Después, metió en una mochila unas botellas de agua y un refrigerio.

Un rato más tarde, al entrar en casa de J.B., tuvo una extraña sensación en la boca del estómago. Aunque hacía años que se conocían, nunca había habido tanta familiaridad entre ellos, o al menos no hasta el episodio de la cámara acorazada.

Desde el dormitorio de J.B. había unas vistas inmejorables, aunque a aquella hora no se veía nada. Volvió a abrir el mensaje con el código de la alarma, esta vez para repasar la nota con las cosas que le había pedido y donde encontrarlas. Pantalones, camisa, calcetines, zapatos, ropa interior... Le ardían las mejillas.

En el armario encontró la pequeña maleta de cuero que le había pedido, lo metió todo dentro y echó un último vistazo al mensaje. Con aquello tendría suficiente hasta que pudiera volver a casa.

Se detuvo un momento en medio del dormitorio para asegurarse de que no se le hubiera olvidado nada. Era imposible no reparar en la enorme cama que reinaba la habitación. ¿Cuántas mujeres habrían pasado por allí?

Cuando volvió al hospital era medianoche. En la sala de espera solo estaban los cuatro Vaughan. Las dos hermanas de J.B. se habían quedado dormidas acurrucadas en un sofá, y su padre también dormitaba.

J.B. estaba paseando por el pasillo. Estaba muy guapo a pesar del cansancio. Al verla, enseguida la saludó.

—Te has dado prisa.

—A esta hora no hay tráfico —dijo dándole la maleta—. Toma. Debes de estar deseando quitarte ese esmoquin.

—¿Es una invitación, Mazie? —dijo esbozando una sonrisa pícara—. Ya te lo recordaré más tarde.

Mazie fingió que su comentario no le alteraba.

—Compórtate. ¿Ha habido alguna novedad?

—No. De hecho, la intervención empezó hace treinta minutos y nos han dicho que puede durar horas.

—Ve a cambiarte. Te esperaré aquí.

Regresó unos minutos más tarde un J.B. desali-

ñado y con ropa informal que resultaba peligrosa-
mente atractivo.

–¿Quieres que nos sentemos o prefieres que pa-
seemos por el pasillo?

–Supongo que estás cansada.

–Tengo la adrenalina disparada. Si te apetece,
podemos dar una vuelta al edificio.

J.B. entró en la sala de espera para dejar su maleta y decirle a su padre dónde iba a estar. Luego,
volvió junto a Mazie.

–Vamos, no soporto esperar sin hacer nada.

J.B. se alegraba de estar con Mazie. Su presencia lo reconfortaba. Ante su padre y sus hermanas
tenía que mostrarse fuerte y sereno. Con Mazie,
podía ser él mismo. Esa distinción debería preocu-
parle, pero estaba demasiado cansado para pensar
en los motivos. No quería pararse a analizar la
reacción ambivalente que le producía estar con
ella en aquella situación tan delicada.

Recorrieron los pasillos en silencio. Era conocido en Charleston, especialmente entre el personal
del hospital. Su familia era mecenas del centro desde hacía años.

Nadie les interrumpió. Alguna que otra enfermera los saludaba al cruzarse con ellos. Con las
luces apagadas y la mayoría de los pacientes durmiendo, el edificio estaba en calma.

J.B. enfiló la escalera con Mazie pegada a sus
talones. En la cuarta planta, empujó una puerta y
le hizo una seña con el dedo.

–Vayamos a ver a los bebés.

Aunque la enfermera al otro lado del cristal los

miró con el ceño fruncido, no los echó de allí. Mazie parecía estarse derritiendo viendo todas aquellas cunas.

–Son diminutos. ¿Cómo se puede ser tan pequeño?

–Todos hemos sido así de pequeños.

–Tú seguro que no –dijo, golpeando su cadera con la suya–. No me lo imagino.

Se quedaron en silencio. Un tercio de los bebés dormía, mientras otro tercio observaba lo que les rodeaba con su mirada miope. Los restantes demandaban atención. Lloraban y se frotaban la cara, haciendo evidente su disgusto.

–¿Cómo lo hacen los padres novatos? Cuidar de un bebé no se aprende en Google.

–En internet se puede aprender cualquier cosa. Le has prometido a tu madre darle nietos. Será mejor que superes cuanto antes tu miedo a los bebés.

–¿Te estás ofreciendo voluntaria?

J.B. sintió que el corazón se le encogía ante la idea de tener una hija que se pareciera a Mazie.

–Por supuesto que no –replicó y se mordió el labio inferior–. Lo cierto es que siempre he tenido miedo de volverme como mi madre. Me gustan los niños, pero la maternidad me asusta.

–¿Y el matrimonio?

–¿Qué pasa con el matrimonio?

La miró de reojo y reparó en la atención con la que estaba observando a los bebés.

–Pensaba que todas las mujeres querían casarse. No parece haberte importado hacerte pasar por mi prometida.

Teniendo en cuentas las circunstancias, ni siquiera le había dado la oportunidad de protestar.

—Vamos, J.B. No puedes hablar en serio, estamos en el siglo XXI. Las mujeres hoy en día tienen muchas opciones.

—Eso no responde a mi pregunta.

Estaba muy interesado en conocer su respuesta.

—No sé si quiero casarme. Viendo por lo que mi padre ha pasado…

—¿Nunca se ha planteado divorciarse de tu madre?

El divorcio era un tema doloroso para J.B. Su fracaso todavía le dolía en lo más hondo.

—No, al menos que yo sepa. Jonathan piensa que sigue enamorado de ella, pero nunca va a verla.

—¿Será porque no lo reconoce?

—Supongo. Tiene que ser muy doloroso para él.

J.B. miró la hora. Cada vez que Mazie bajaba la guardia, confiaba en que pudieran cerrar la brecha que durante una década los había mantenido separados. Pero por muy atractiva que resultara la idea, no acababan de encontrar el momento.

—Será mejor que volvamos a la planta de cardiología.

Cuando llegaron a la sala de espera, la enfermera acababa de salir del quirófano para informarles. La operación había ido bien. Todavía tardaría una hora y media más, y luego pasaría a reanimación.

J.B. hizo una mueca. Tomó a Mazie del brazo y la apartó de los demás.

—Vete a casa –le dijo–. No debería haberte pedido que te quedaras.

Sentía su piel suave y cálida bajo su mano y tuvo que contenerse para no acariciarla.

—No seas tonto. Me quedó. Relájate, J.B. No tengo otra cosa que hacer.

Su sonrisa era sincera, aunque algo precavida.

—Esta no es la noche que había planeado —dijo.

Su voz sonó ronca por el cansancio y algo misteriosa.

—Si te estás refiriendo al sexo —susurró acariciándole la mejilla—, ya hablamos de eso durante la cena, ¿recuerdas?

—¿Quién lo dice?

—Lo digo yo —contestó e hizo una pausa antes de continuar—. Lo he pasado bien esta noche. La cena, el baile... Cuando no te empeñas en ser un perdonavidas y un rompecorazones, eres un tipo muy agradable.

Mazie no pretendía ser tan sincera, pero a las tres de la mañana era difícil guardar rencor.

Una barba incipiente le sombreaba las mejillas a J.B. Tenía el pelo revuelto. La ropa que le había llevado olía a limpio y a recién planchada. Su ancho pecho se veía oprimido bajo la camisa y jersey que vestía. Era como si acabara de levantarse y se hubiera puesto lo primero que había encontrado. Aun así, seguía siendo el hombre más sexy que jamás había visto.

Su mente voló hasta su dormitorio y se imaginó tendida sobre la cama con J.B. echado sobre ella. La respiración se le aceleró. Para complicar aún más las cosas, se le vino a la cabeza la imagen de los recién nacidos en el nido del hospital. A pesar de lo que le había dicho a J.B., deseaba tener una familia como la de él, pero el destino parecía estar en su contra. Incluso su hermano había desaparecido. Los Tarleton eran un desastre.

J.B. la tomó del brazo y la llevó hasta un banco. Nada más sentarse se dio cuenta de lo cansada que estaba. Él la rodeó con el brazo y la atrajo hacia su pecho.

–Cierra los ojos. Me gustan las siestas.

No estaba bromeando. En cuestión de segundos, estaba roncando suavemente.

Mazie suspiró y trató de hacer lo mismo, pero no pudo relajarse. Estando tan cerca de J.B. se sentía indefensa. No quería sentir nada por él y mucho menos comprometerse con él.

En otra época le habría gustado tener la oportunidad de formar parte de la vida de J.B. Aquel sueño se había desvanecido pronto. Ahora estaba casi segura de que aquella repentina amabilidad por su parte no era más que una maniobra para ganarse su confianza.

Consumar la venta del edificio donde se ubicaba su local no era lo que más le preocupaba. Si decidía seguir adelante le haría pagar un alto precio por el privilegio de reubicarla.

No, lo que de verdad le preocupaba era la posibilidad de que J.B. pudiera abrirse paso hasta su corazón y, una vez consiguiera lo que quería, abandonarla.

Mientras Mazie disfrutaba de la sensación de estar entre los brazos de J.B., Leila se despertó y se acercó.

–Necesito un café –le dijo, dándole una palmadita en la rodilla–. ¿Quieres acompañarme?

Mazie asintió, agradeciendo la circunstancia para poder recuperar su sano juicio. Se deshizo del pesado brazo de J.B., tomó su teléfono y su cartera y siguió a Leila fuera de la sala de espera. El restaurante estaba cerrado, pero al lado de la entrada principal, un camarero adormilado se entretenía con su iPad al otro lado del mostrador de la cafetería.

Leila pidió un café solo y Mazie un té verde, y fueron a sentarse en una mesa.

–Ha debido de ser un gran susto para todos vosotros.

–Ha sido espantoso –dijo Leila y hundió la nariz en la taza–. Mi madre es una heroína. Viéndola así…

Sollozó y se limpió la nariz.

–¿No tenía síntomas?

–No lo sé. Es la clase de persona que está detrás de nosotros para que nos pongamos la vacuna de la gripe o vayamos al dentista y que no presta atención a su propia salud porque, como ella dice, está siempre muy ocupada«.

–Los cardiólogos hacen maravillas hoy en día.

–Es cierto.

Leila bostezó y dejó la taza vacía en la mesa.

–Siento que nuestro drama familiar haya estropeado tu noche especial.

–No pasa nada –dijo Mazie rápidamente–. Lo importante es que tu madre se ponga bien.

Sentía que estaba pisando arenas movedizas. ¿Cómo reaccionaría una mujer recién comprometida?

Leila sonrió. Parecía haber recuperado fuerzas con el café.

–Para ser sincera, me ha sorprendido lo del compromiso. Después del fracaso del primer matrimonio de J.B, juró que no volvería a pasar por el altar. ¡Ay! –exclamó de pronto y se llevó la mano a los labios–. Dime que ya sabías lo de su matrimonio anterior.

–Por supuesto. J.B. ha sido completamente franco conmigo. ¿Recuerdas que mis hermanos y yo solíamos pasar mucho tiempo en tu casa? No tanto de adultos, pero hemos mantenido el contacto lo suficiente para saber de sus andanzas. Me ha contado que su esposa era una mujer terrible.

–Mis padres intentaron detenerle, pero estaba muy enamorado. Yo estaba empezando el instituto, así que me parecía muy romántico. La verdad no tardó mucho en descubrirse. Lo único que quería era dinero. El pobre J.B. lo pasó muy mal.

–Parece que se ha recuperado –dijo Mazie, confiando en que su comentario no sonara irónico.

–No le he visto salir con la misma mujer más de dos o tres veces. No quiere que nadie del otro sexo se haga una idea equivocada. Es un adicto al trabajo y no le interesan las relaciones duraderas –explicó y ladeó la cabeza antes de continuar–. Por cierto, ¿cómo surgió lo vuestro? –preguntó frunciendo el ceño–. Llevabais años ignorándoos mutuamente.

–Bueno… De vez en cuando nos hemos encontrado en alguna fiesta, alguna exposición… Pero supongo que no ha sido hasta que ha empezado el proyecto de rehabilitación de la zona cercana a Battery. Quería comprar mi local y yo me negaba, pero ha seguido insistiendo.

–Qué interesante. Sabía que mi hermano era capaz de cualquier cosa, pero ¿casarse? Eso es nuevo.

Mazie sabía que Leila le estaba tomando el pelo, pero sus comentarios no hacían sino aumentar las inseguridades de Mazie. Si le hubiera dicho que sí a la agente inmobiliaria la primera vez que la había llamado, o incluso la segunda, nunca habría salido con J.B. y nunca se habría visto en la situación de tener que mentirle a su familia.

–¿No deberíamos volver arriba?

Leila asintió y su rostro volvió a ensombrecerse.

–Tienes razón.

Nada más entrar en la sala de espera, Alana le contó a su hermana las novedades. J.B. y su padre parecían estar dormidos. Mazie se quedó en un rincón hasta que se dio cuenta de que si fuera su novia de verdad no estaría al margen. Así que se acercó y se sentó junto a J.B.

A las cuatro y cuarto apareció un cirujano para hablar con ellos. Los hermanos rodearon al padre. El médico parecía optimista.

–La intervención ha ido según lo previsto. Le hemos practicado un *bypass* cuádruple, así que tiene un largo camino por delante. La recuperación llevará meses.

–¿Podemos verla?

–Estará en reanimación un rato más. Vamos a despertarla poco a poco y queremos que esté tranquila. Les recomendaría que se fueran a casa e intenten descansar. Vuelven por la mañana. Si hiciera falta, una enfermera les llamaría.

Al señor Vaughan no le gustó aquella respuesta. Mazie podía darse cuenta, pero el pobre hombre parecía abatido. Leila rodeó a su padre con el brazo.

–Alana y yo volveremos a casa contigo, papá.

J.B. le dio un beso a su hermana en la coronilla.

–Gracias, hermanita –dijo y abrazó a su padre y sus hermanas–. Llevaré a Mazie a casa y nos veremos a la hora de la comida.

–Pero si vives aquí cerca –observó Leila frunciendo el ceño.

–Pero Mazie no –replicó rápidamente.

Mazie advirtió sus miradas recelosas, pero estaba demasiado cansada para interpretar su significado.

En el aparcamiento, trató de recuperar el sentido común.

–Voy a llamar a un taxi. No hace falta que me lleves a casa.

Habían ido al hospital directamente desde el restaurante. Había dejado el coche en su casa, en la playa.

J.B. la besó lentamente y se quedó sin argumentos. Su lengua acarició la suya.

–Hay una opción mejor –murmuró él, haciendo que las piernas le flaquearan–. Por una vez, confía en mí.

Capítulo Diez

–¿Confiar en ti? –repitió Mazie mirándola con recelo.

Él hizo una mueca.

–Estoy tan cansado que me duelen los ojos. Leila tiene razón. Pronto amanecerá y no quiero pasarme una hora conduciendo hasta la playa y luego otra para volver. Ven a casa conmigo –añadió con voz ronca–. Está a cinco minutos. Necesitamos descansar.

Mazie se quedó pensativa. Esa crisis familiar la había introducido en una intimidad que le resultaba difícil de manejar. Era una persona compasiva y se daba cuenta de que J.B. estaba soportando mucho estrés y fatiga. Aun así, su instinto de supervivencia era intenso.

Llevaba años evitando aquel vínculo y, una vez se había establecido, se veía arrastrada hacia las arenas movedizas del deseo y de las decisiones impulsivas.

–No me importa tomar un taxi.

La tomó de la muñeca y la atrajo entre sus brazos.

–Por favor, Mazie, no quiero estar solo.

Se quedó observándolo. Si tuviera la más mínima prueba de que estaba jugando con ella, se daría media vuelta sin más. Pero por extraño que pareciera, estaba convencida de que estaba siendo sincero.

–De acuerdo –dijo cediendo–. De todas formas, será tan solo por unas horas.

Se subieron al coche y permanecieron en silencio. J.B. condujo sin apartar las manos del volante. Su perfil era austero. Tenía una frente amplia, una nariz recta y un mentón firme. Mazie lo observó como si fuera la primera vez que lo veía.

Una vez en su casa, echó a andar por el pasillo.

–Dormiré aquí abajo. ¿Por qué no subes y descansas?

Él frunció el ceño.

–Tengo un bonito cuarto de invitados arriba.

–No quiero hablar de eso esta noche.

Si subía la escalera, cualquier cosa podría pasar.

–De acuerdo, compartiremos sofá.

No podría dormir. Le escocían los ojos y estaba agotada.

–Si eso es lo que quieres…

La casa de J.B. estaba decorada con el auténtico estilo de Charleston. No cabía duda de que alguna de sus hermanas, o tal vez las dos, lo habían ayudado. Tal vez incluso Jane. Pero al fondo del comedor se había reservado una zona de descanso puramente masculina. Había una enorme televisión, dos sillones reclinables y un gran sofá de cuero desgastado.

J.B. se quitó los zapatos y sacó dos mantas.

–Ponte cómoda. ¿Quieres comer algo, tienes sed?

Negó con la cabeza, preguntándose por qué se había metido en la boca del lobo.

–Estoy bien. Duérmete, J.B. tienes que volver al hospital dentro de un rato.

Sin esperar a que siguiera su consejo, se acurrucó en un extremo del sofá y apoyó la cabeza en el reposabrazos. En el último momento, se acordó de enviar un mensaje a Gina para decirle que no iría a la tienda esa mañana. Después, silenció el teléfono.

Por el rabillo del ojo vio a J.B. repantigarse y poner los pies sobre la mesa de centro.

¿Cómo había terminado allí? ¿Era todo tan inocente como parecía?

—Estoy demasiado cansado para relajarme —dijo J.B. dibujando un círculo con el cuello.

Mazie suspiró.

—Vamos, túmbate. Te daré un masaje en la cabeza.

—Se me ocurren otros sitios que puedes masajear.

Su mirada lasciva no tenía la fuerza suficiente para ofender.

—Túmbate de espaldas, señor Vaughan.

Cuando Mazie se sentó, J.B. se estiró completamente y apoyó los pies en el otro reposabrazos. Con la cabeza en su regazo, se relajó.

—Gracias, Mazie —murmuró.

Empezó a acariciarle la frente y observó como poco a poco la tensión desaparecía de su rostro y sus hombros se relajaban.

Una fuerte emoción se apoderó de ella, minando su determinación. No podía seguir engañándose. Otra vez sentía algo muy fuerte por él. ¿Cómo podía ser tan imprudente?

Enseguida se quedó dormido y no fue hasta entonces que se recostó en el asiento y cerró los ojos.

***

J.B. soñó con los ángeles. Tal vez debería haberse alarmado. No estaba preparado para que su vida terminara, pero aquel ángel le había sugerido algo que no había entendido. Se despertó sobresaltado. Durante unos segundos reinó la confusión. Después, reconoció el entorno. Lo primero que le asaltó fue la preocupación por su madre. Después, por Mazie.

¿Cuánto tiempo llevaba dormido en su regazo? Se sentó con cuidado y reparó en la extraña postura de su cuello. Miró la hora. Eran casi las ocho y media y no había mensajes en su teléfono; todavía tenían tiempo de descansar.

Sin pensárselo dos veces, tomó un cojín e incorporó a Mazie lo suficiente para cambiarla de postura. Ella murmuró algo entre sueños, pero no se despertó. Con la espalda apoyada en el respaldo, la recostó contra él y suspiró. Así estaba mejor.

El olor de su pelo le hizo cosquillas en la nariz. Llevaba años ignorando la atracción que sentía por ella, sin ni siquiera admitir que existía. Y allí estaba Mazie, en su casa y entre sus brazos.

Aquella relación estaba condenada desde el principio. Aunque Mazie acabara confiando en él, ¿qué quería de ella? El matrimonio estaba fuera de toda discusión. Lo había aprendido por las malas.

Las mujeres tenían dos caras y no se le daba bien interpretar sus deseos e intenciones.

Cerró los ojos por segunda vez y se quedó dormido.

Cuando volvió a despertarse, el sol bañaba la habitación a través de una ranura entre las cortinas. Al doblar el brazo para ver la hora, Mazie se despertó.

–¿J.B.?

–Aquí estoy, cariño. Nos hemos quedado dormidos.

–Vaya –exclamó aturdida.

–¿Siempre estás tan guapa por la mañana? –preguntó, acariciándole la mejilla con el pulgar.

Era un comentario cursi, pero cierto. Su piel era suave y estaba sonrosada. Aquellos bonitos ojos dorados destacaban entre las sombras. Cualquier hombre podía perderse en ellos.

Mazie se mordió el labio.

–Debo de tener un aspecto horrible.

Deslizó los dedos por su melena, siguiendo el sentido de sus ondas, y sintió que sus latidos se aceleraban.

–Voy a besarte –anunció.

Era una advertencia a la vez que un ruego. Se sentía fuera de juego. Desde el episodio de la cámara acorazada del banco, había estado obsesionado con el deseo de volver a tocarla.

Se había sentido obligado a invitarla a salir. Algunos dirían que había sido su subconsciente el que se había hecho cargo de la situación y había proclamado el falso compromiso.

Se echó hacia ella, apoyándose en el codo.

–Mazie –susurró.

Ella lo tomó por la cabeza y lo atrajo.

–Sí.

Aquel monosílabo disparó su excitación mejor que cualquier estimulante. Estaba temblando, a punto de perder el control y eso que apenas habían empezado.

Mazie acercó los labios a los suyos, retándolo. Al instante tuvo una erección. Se sentía desesperado, dispuesto a suplicar. Aquella increíble mujer había dejado de levantar muros y se arqueaba entre sus brazos, fundiendo sus cuerpos desde los hombros hasta las caderas.

La expresión de sus ojos fue su perdición. En ellos había deseo, pero también cautela. No confiaba del todo en él e iba a tener que esforzarse para que eso cambiara.

—Tranquila, cariño.

La distrajo con un beso apasionado mientras trataba de quitarle el jersey. Una vez se lo sacó por la cabeza, se encontró con la magnífica visión de sus pechos cubiertos de encaje, capaz de volver loco a un hombre.

Acarició sus pezones erectos por encima del tejido semitransparente.

—Te había imaginado así muchas veces, pero nunca pensé que pudiera hacerse realidad.

Mazie le mordisqueó el labio inferior.

—¿Cómo es posible? Pensaba que el gran J.B. Vaughan era irresistible para el sexo femenino.

—Eres una descarada y no, no soy irresistible. Ni siquiera estás segura de que te guste, Mazie Jane, y no me cabe ninguna duda de que no confías en mí.

Por la caída de párpados que hizo, supo que había dado en el clavo. Pero cuando habló, su voz sonó tranquila.

—Descubrí algo en la cámara acorazada, algo que me sorprendió. Al parecer, es posible desear a alguien aunque sea un chico malo con una reputación terrible.

La sonrisa de J.B. se ensanchó.

—¿Me deseas? Bueno, eso quiere decir que algo tengo que estar haciendo bien.

–¿Es que tu ego no descansa nunca? –preguntó acariciándole la barbilla.

–Anda, quítate la ropa antes de que alguien como tu hermano nos interrumpa.

Mazie se apartó lo suficiente como para quitarse los pantalones y los calcetines. J.B. hizo lo mismo. Luego se echó hacia delante para tomar su cartera y sacar un preservativo. Le temblaban las manos.

Mazie lo abrazó por detrás y apoyó la mejilla en su espalda.

–Seguramente nos arrepentiremos de esto.

–Sí, tal vez.

Tiró de ella hasta que estuvo de pie delante de él y le dio un beso en el ombligo. La carne se le puso de gallina.

–No tienes ni idea de cuánto te deseo.

–La falta de sueño te está haciendo hablar de más.

Le bajó las bragas por las piernas y suspiró.

–No, Mazie Jane, eres tú.

Le separó sus pliegues húmedos y la besó en su zona más íntima. Sus jadeos de placer provocaron que su erección creciera un poco más, si eso era posible. En otras circunstancias, se habría tomado su tiempo para saborear aquel banquete. Pero dada la situación, alguien podía llamar del hospital en cualquier momento. No se atrevía a apagar el teléfono.

–Tenemos que darnos prisa –dijo ella jadeando, como si leyera sus pensamientos–. Estoy lista, más que lista.

Se echó hacia delante y le susurró al oído algunas palabras atrevidas.

J.B. maldijo entre dientes y se despojó de sus

calzoncillos a toda velocidad. Luego, se puso el preservativo. Mazie seguía con el sujetador puesto, pero ya era demasiado tarde. Si no la hacía suya en los próximos segundos, moriría.

Se acercó al borde del sofá y la tomó de la muñeca.

—Ven aquí, cariño. Déjame amarte.

La tomó por la cintura y la ayudó a colocarse sobre su regazo. Sus largas piernas lo rodearon por las caderas.

Mazie tomó la iniciativa apenas hundió el rostro entre sus pechos. Se hundió en él, uniendo sus cuerpos con la salvaje dulzura de la pasión.

Se le nubló la vista. Todo él se concentró en sentir el cálido recibimiento del sexo húmedo y caliente de Mazie.

—Más despacio —le rogó.

Estaba a punto de avergonzarlos a los dos.

Mazie le acarició el pelo con ambas manos y le masajeó el cuero cabelludo.

—¿Y si me gusta hacerlo rápido?

La tomó por el trasero con tanta fuerza que seguramente le dejaría cardenales.

—Eres una chica mala.

La embistió con fuerza, llenándola.

Mazie rio. Aquellas carcajadas lo volvieron loco y se arrepintió de haber adoptado aquella postura. Era demasiado pasiva. Estaba de un humor cambiante, probablemente por la falta de sueño.

—Pon las piernas alrededor de mi cintura.

Se puso de pie bruscamente. Mazie era una mujer alta, pero estaba muy excitado. Pasó junto a la mesa de centro y acabaron tumbados sobre la alfombra, sin que sus cuerpos se separaran.

Mazie le sonrió, con los ojos entornados y la respiración pesada.

—¿Quién iba a decir que fueras tan fuerte? Estoy impresionada, señor Vaughan.

—Me vuelves loco, ¿por qué crees que es?

—¿Por la antipatía mutua que nos tenemos?

Empujó con fuerza con las caderas y ella cerró los ojos a la vez que arqueaba la espalda.

—Mírame, quiero ver tus ojos cuando te corras.

Ella obedeció. Su mirada ámbar se clavó en la suya. De repente se sintió desnudo e indefenso. Aquellos ojos lo veían todo.

Mazie se humedeció los labios con la punta de la lengua.

—No voy a romperme, J.B. Dámelo todo.

Aquella provocación acabó con lo poco que le quedaba de fuerza de voluntad. Se echó sobre ella y la embistió una y otra vez hasta que el mundo desapareció y todo su cuerpo se sacudió en una oleada de placer desesperado.

Le pareció oír sus jadeos y sintió las contracciones de su sexo al correrse.

Cuando todo terminó, se quedaron tumbados con los brazos y las piernas entrelazados, respirando entrecortadamente. Mazie seguía con el sujetador puesto. J.B. no podía sentir las piernas. Tenía su cuerpo cálido y suave bajo el suyo. Quería quedarse así para siempre y no moverse, pero era una opción inviable dadas las circunstancias.

Después de varios minutos de silencio, J.B. se tumbó de espaldas y carraspeó.

—No sé qué decir. Te prepararía unos huevos con beicon, pero parecería que es mi forma de darte las gracias por lo que acaba de pasar.

Estaba mareado y tenía los pies fríos.

Mazie le dio unas palmaditas en la mejilla.

—No seas tonto. Ha sido sexo, buen sexo, lo reconozco, pero solo sexo. Puedo desayunar en casa.

Cuando se levantó, recogió la ropa interior y empezó a vestirse. J.B. se quedó mirándola sorprendido.

—¿Qué estás haciendo?

Mazie señaló hacia el antiguo reloj que había sobre la repisa de la chimenea.

—Es tarde, J.B. Tu familia te espera en el hospital y, aunque le dije a Gina que no llegaría a tiempo de abrir la tienda, tengo que ir a trabajar.

Se abrochó los vaqueros y se sentó para ponerse los calcetines y los zapatos.

—Pero eres la jefa.

¿Qué demonios estaba pasando? El sexo había sido increíble, salvaje y ardiente. ¿Cómo podía Mazie pretender que nada había pasado? ¿De veras se sentía tan indiferente como parecía?

—Es época de compras navideñas y tengo que estar en la tienda. Y lo que es más importante, tu madre va a preguntar por ti. Date una ducha. Pediré un coche, no te preocupes.

Tomó su bolso y su chaqueta.

—Te llamaré luego para ver cómo está tu madre —añadió y le tiró un beso con la mano—. Tengo que darme prisa.

J.B. rodó de rodillas y se puso de pie al tiempo que oía cerrarse la puerta.

Capítulo Once

Mazie se apoyó unos segundos en la puerta de J.B., el tiempo suficiente para recuperar el aliento, y salió corriendo. Recorrió tres manzanas antes de llamar a un taxi para asegurarse de que J.B. no la siguiera. Con el corazón desbocado y los ojos llenos de lágrimas, todo su mundo se tambaleaba.

¿Cómo era posible que aquel amor de juventud hubiera permanecido vivo tantos años? Sabía qué clase de hombre era J.B. y, gracias a los comentarios inocentes de su hermana, conocía su opinión sobre las relaciones y el matrimonio.

Solo una masoquista podía dejarse arrastrar por sus encantos. Había tenido que recurrir a sus dotes de interpretación para fingir que el sexo no era gran cosa. Más difícil le estaba resultando borrar la imagen de un J.B. desnudo retozando en la alfombra. Aquel hombre tenía un cuerpo increíble. Además, era divertido e inteligente, y muy cariñoso con su madre y el resto de su familia. Pero eso no le hacía olvidar su afán de pisotear a otras personas para conseguir lo que quería en los negocios.

Le había hecho daño en una ocasión. Si permitía que se acercara demasiado, volvería a ocurrir.

A pesar de su agitación y de lo que acababa de pasar con J.B., llegó a casa relativamente tranquila. Sobreviviría a aquello. El pasado no podía repetirse.

Jonathan estaba trabajando. Le había mandado

un mensaje desde el taxi para decirle que la señora Vaughan estaba estable. Le había contestado con un escueto «bien», la típica respuesta de su hermano cuando estaba inmerso en sus asuntos.

Su padre estaba adormilado en el salón, con un libro en el regazo. Mazie se sentó a su lado y le acarició el brazo.

—Hola, papá.

—Hola, cariño —dijo abriendo los ojos—. ¿Qué haces en casa a esta hora?

Le contó que la señora Vaughan había tenido un infarto y se ahorró los detalles de su cita con J.B.

—Le pediré a la secretaria de Jonathan que le mande unas flores.

—Buena idea. ¿Qué tal tu cena de anoche? ¿Lo pasaste bien?

Su padre se fue animando mientras le contaba los detalles. Mazie vio la oportunidad y la aprovechó.

—Papá, ¿alguna vez te has planteado irte a vivir donde tus amigos? Aquí en casa estás solo y aislado. Además, algún día, Jonathan y yo nos iremos.

—Me gusta estar aquí, me siento seguro —respondió y su sonrisa me volvió melancólica—. ¿Estás pensando en dejar a tu padre, Mazie? Sabía que algún día pasaría.

—No entra en mis planes.

Aquello que tenía con J.B. le había hecho darse cuenta de lo desestructurada que estaba su familia.

—Papá, por favor, cuéntame qué pasó con Hartley. Jonathan no quiere hablar de ello.

Su rostro se ensombreció.

—Yo tampoco. Es mejor que no lo sepas. Hazte a la idea de que probablemente nunca vuelva.

No era una niña. ¿Qué secreto podía ser tan terrible como para haber roto su familia?

Suspiró para sus adentros, se levantó y se estiró. Sentía las consecuencias de la falta de sueño y de haber estado dormitando en mala postura en el sofá de J.B. Le asustaba admitir que ya lo estaba echando de menos.

–Voy a darme una ducha y a comer algo rápido antes de irme a trabajar. ¿Necesitas algo antes de que me vaya?

–Estoy bien. No te preocupes por mí –contestó mientras volvía a cerrar los ojos.

Por suerte para Mazie, la tienda estuvo a rebosar aquel soleado sábado del mes de diciembre.

Estuvo enfrascada en el ajetreo, dando gracias por tener algo que la distrajera de todas aquellas preguntas sin respuesta sobre su falso compromiso y su misterioso prometido.

El día pasó rápido y el resultado de las ventas fue gratificante. Si aceptaba el nuevo local que J.B. le ofrecía, contaría con más espacio para ampliar su negocio.

Si no podía tener a J.B, su futuro sería el trabajo.

A las cinco, mientras recogían y cerraban la tienda, Mazie se acercó a Gina.

–¿Quieres que vayamos a cenar?

–Oh, Mazie, sabes que me gustaría, pero tenemos una reunión familiar en casa de mi tía esta noche. Si quieres, puedes venir conmigo.

–No, gracias. Ve, no llegues tarde. Yo me encargo de todo.

–¿Estás segura?

–Sí. Esta mañana me has cubierto tú. Anda, sal de aquí.

Cuando se quedó sola, echó el cerrojo y colgó el cartel de cerrado.

Trató de convencerse de que no estaba celosa de Gina, pero era mentira. Gina provenía de un gran clan italiano y tenía muchos primos. Los padres de Mazie eran hijos únicos los dos.

Mazie siempre había querido formar parte de una familia grande y unida. Pero a su madre la habían enviado lejos y luego Hartley se había marchado. Últimamente, la salud de su padre era precaria y pronto no serían más que Jonathan y ella. Si su hermano acababa casándose, se quedaría sola.

La perspectiva era deprimente. ¿Sería por eso por lo que se había sentido atraída hacia la órbita de J.B.? ¿Sería el recuerdo de aquel antiguo enamoramiento lo que la impulsaba o algo mucho más peligroso?

Debían de ser las Navidades lo que la hacían estar más sensible. Aunque la época le gustaba, en ocasiones aumentaba su sensación de soledad. Acabó con lo que estaba haciendo y fue a recoger la chaqueta y el bolso.

Cuando volvió, el pulso se le paró. Delante del cristal de la puerta, medio oculto, había un hombre imponente. Enseguida lo reconoció. Llevaba unos pantalones caquis y un jersey verde.

Le abrió la puerta y le dejó pasar.

–Me has dado un susto de muerte –dijo ella.

Ya había anochecido.

–Es peligroso que cierres sola. Cualquiera podría aparecer y asaltarte.

–Lo tenemos organizado –dijo tranquilamente, aunque estaba apretando los puños–. Gina y yo solemos salir juntas, pero esta noche tenía una cena, así que le dije que se fuera para no llegar tarde. ¿Qué estás haciendo aquí, J.B.?

–¿Recoger a mi prometida? –dijo arqueando una ceja.

–No tiene gracia.

–Mamá pregunta por ti.

–Tonterías –replicó Mazie frunciendo el ceño–. Entiendo por qué lo hiciste, pero ¿qué piensas hacer ahora?

–Tenemos que comprar un anillo. Le he pedido a mi amigo Jean Philippe que nos reciba a las seis.

–No estamos comprometidos. No voy a elegir un anillo.

–Tienes que hacerlo.

–No tengo que hacer nada.

–Sé razonable, Mazie. Está despierta y quiere verte. Está disgustada por haber estropeado una noche tan especial para nosotros e insiste en que te compre el anillo cuanto antes. No puedo decepcionarla.

Mazie estaba horrorizada por lo mucho que estaba deseando seguirle el juego. A ese paso, acabaría plantada ante el altar por no haber protegido su corazón.

–Dile que soy muy exigente, que nadie en Charleston tiene un pedrusco lo suficientemente grande que me guste. Dile que después de las Navidades iremos a Nueva York a comprar el anillo en Harry Winston o Tiffany's.

–No puedo decirle eso –replicó, apretando el mentón.

111

–¿Por qué no?

–Porque insistiría en que comprara los billetes ahora mismo. No sabes lo insistente que es, por muy enferma que esté.

–Entonces, ¿por qué no pides prestado el anillo? O elígelo tú mismo. Puede ser como quieras, no importa.

J.B. no soportaba no salirse con la suya.

–Nunca me he tenido que esforzar tanto para regalarle una joya a una mujer.

Mazie no quería pensar en todas aquellas mujeres.

–Siento las molestias –murmuró.

–Mi madre tiene espías por todas partes. Si no hago esto como espera, se enterará y se llevará un buen disgusto.

–Puedes decirle que es por mi culpa –dijo y se quedó mirándolo fijamente.

–Tal vez.

Mazie veía muchos motivos para que aquello fuera una mala idea.

–Ha salido muy bien de la operación. ¿Por qué no simplemente le dices la verdad?

–¿Quieres que le diga que le mentí en su lecho de muerte?

–Bueno, si lo pones de esa manera…

Ese era el problema con las mentiras, que una cosa llevaba a otra.

–Esto es ridículo, J.B. Conozco a Jean Philippe, probablemente no tan bien como tú, pero estoy segura de que no se va a creer que sea tu prometida.

–Ya lo había pensado. Le diremos que hemos mantenido nuestra relación en secreto.

–¿Por qué?

–No lo sé. Podemos decir que tu hermano se opone.

–Tonterías –dijo ella frotándose la frente ante los síntomas de un dolor de cabeza–. Voy a tener que contarles a mi padre y a Jonathan lo que estamos haciendo. Si les llegan rumores de que estoy comprometida y que no se lo he contado, se enfadarán.

–¿Tu padre guardará el secreto?

–¿Me estás preguntando si está senil?

–Bueno, parece estar algo distraído.

Mazie sacudió la cabeza lentamente.

–No está tan lúcido como antes, pero lo entenderá. Y le pediré que no lo cuente. Creo que será lo más seguro. Además, será solo unos días, hasta que tu madre se recupere, ¿no? Entonces podemos decir que tuvimos una pelea y cortamos.

–No hace falta que se te vea tan contenta –bromeó J.B.

Mazie enfiló hacia la puerta y se detuvo para darle una palmada en la mejilla.

–Va a ser lo más memorable de mis Navidades.

Si de algo estaba segura Mazie era de que a J.B. no le gustaba dejar ningún detalle al azar. Por eso tenía tanto éxito en los negocios. Bueno, por eso y por el hecho de que era mucho más inteligente de lo que sugerían la picardía de sus ojos azules y su físico de surfista.

Se detuvo en la acera nada más salir de la tienda y se volvió hacia él.

–Iré en mi coche –le dijo–, así podré acercarme al hospital cuando acabemos con el asunto del anillo y después marcharme a casa.

–Una pareja que acaba de comprarse el anillo de compromiso no llega en coches separados –insistió–. Tienes que interpretar bien tu papel, Mazie.

–Improvisaremos, saldrá bien

No iba a permitir que se burlara de ella. Era una cuestión de principios.

–Muy bien.

J.B. no parecía estar muy contento, pero no le importaba. Estaba cansada y aquella farsa le estaba rompiendo el corazón. ¿Acaso no se merecía un hombre que de verdad la quisiera?

J.B. seguía siendo él mismo. Lo único que le preocupaba eran sus asuntos. No debería sentirse herida por su empeño en doblegarla a su voluntad. Sabía quién era y cómo era, pero emocionalmente se estaba desmoronando.

La joyería de Jean Philippe hacía que All That Glitters pareciera una tienda de segunda mano. Era una institución en Charleston. Vendía alianzas, anillos de compromiso, collares fabulosos y tiaras. El joyero, de unos cincuenta años, era un gran conocedor de piedras preciosas y de sus orígenes. No solía conceder citas privadas a cualquiera, pero seguramente confiaba en hacer una buena venta.

La tienda estaba cerrada, puesto que ya no era horario comercial. Un vigilante perfectamente uniformado y armado les abrió la puerta y les dejó pasar. Luego volvió a echar el cierre y se quedó en la entrada.

Jean Philippe se mostró muy efusivo.

–Señor Vaughan, señorita Tarleton, es un placer recibirlos en una ocasión tan especial.

Mazie sintió que le ardían las mejillas.

–Vamos a tratar de ser rápidos. No estaba segura de querer un anillo, pero J.B. insiste.

El joyero arqueó una ceja.

–Por supuesto que necesita un anillo. Sí, ya sé lo que pensáis las mujeres de hoy en día, que sois independientes y que no necesitáis de los hombres para compraros joyas. Pero confíe en mí, joven, significa mucho viniendo del amor de su vida.

Cuando Mazie miró a J.B., tenía una extraña expresión. Tal vez se había puesto nervioso al oír la palabra amor.

–Está bien. ¿Por dónde empezamos?

Jean Philippe se volvió hacia J.B.

–¿Quiere separar unos cuantos anillos para que su prometida elija el que más le gusta o prefiere que yo…

–Tiene carta blanca. Confío en ella.

El joyero arqueó las cejas, sorprendido. Había algunas piezas que podrían llevar a un hombre a la bancarrota.

–Bueno, yo…

–Lo que quiera, Jean.

Mazie evitó poner los ojos en blanco. Su supuesto prometido estaba disfrutando a su costa. Le estaría bien merecido que eligiese la joya más llamativa. Era demasiado mirada como para gastar una fortuna para una farsa de un par de semanas.

Sin mucho entusiasmo, echó un vistazo al expositor más cercano.

–Ese me gusta.

Jean Philippe sacó el anillo que había señalado y arrugó ligeramente la frente.

–Es una pieza interesante, pero bastante sencilla. Es solo de un quilate.

Mazie se sobresaltó al sentir un brazo de J.B. rodeándola por la cintura.

—Soy un hombre rico —le susurró al oído—. Necesitamos algo que esté a tu altura, algo tan bonito como tú. No te cortes.

El joyero asintió impaciente y Mazie se quedó mirando distraídamente, deseando que J.B. no oliera tan bien.

Uno a uno, fue señalando anillos. Uno a uno, los dos hombres los fueron descartando. Al poco empezó a perder la paciencia.

—Tal vez deberíamos volver en otro momento cuando tengamos más tiempo. Quiero ir a visitar a tu madre.

J.B. no le hizo caso. Estaba estudiando un expositor en el que Mazie no se había detenido.

—Ese —dijo—. El primero de la derecha.

—Tiene muy buen gusto, señor Vaughan. Es un magnífico diamante amarillo de Brasil. Hacía años que no veía un color tan intenso ni una transparencia así. Tiene un peso de cinco quilates y medio. Las uñas son de platino. Es un diseño para hacer destacar la piedra, pero si la señorita prefiere otra cosa, podemos seguir mirando.

J.B. entornó los ojos y tomó la lupa.

—Déjeme echar un vistazo.

Mientras estudiaba la piedra, Mazie se estremeció. Aquel anillo debía de costar más de seis cifras. Era un montón de dinero para una farsa.

—Es demasiado —dijo tirándole de la manga—. Sé razonable.

J.B. se volvió para mirarla, con una medio sonrisa.

—Es como tú, Mazie. Único, especial, deslumbrante. Los reflejos del diamante son del mismo color ámbar que tus ojos.

Antes de que pudiera decir nada, le tomó la mano y deslizó el anillo en su dedo corazón.

Por una décima de segundo el mundo se detuvo. Sentía sus manos cálidas sujetando las suyas. El anillo le quedaba perfectamente. Era como si lo hubiesen diseñado para ella.

Tragó saliva.

—Es precioso.

Era un joya auténtica, algo que no podía decirse de su compromiso. J.B. frunció el ceño, tal vez adivinando sus pensamientos.

—Podemos buscar un anillo tradicional de diamantes si lo prefieres.

Mazie sabía que J.B. estaba interpretando un papel. Estaba fingiendo que sentía algo por ella y que quería hacer realidad sus deseos. Por mucho que tratara de convencerse de que aquel cuento de hadas no era real, la niña que había en ella y que soñaba con el príncipe azul daba saltos de alegría.

—Me encanta —dijo con un nudo en la garganta.

J.B. se volvió hacia el joyero, sacó la cartera y extrajo una tarjeta de crédito platino.

—No los llevamos.

Capítulo Doce

En el hospital, Mazie encontró un sitio para aparcar, apagó el motor y permaneció allí sentada unos momentos, contemplando el anillo que adornaba su mano. Era enorme e impresionante.

Antes de que abandonaran la joyería, Mazie había tenido que soportar unos largos y embarazosos minutos durante los cuales los dos hombres habían negociado el precio de la transacción. El anillo venía con un documento en el que se detallaba el valor de la pieza y un elegante estuche envuelto en papel satinado de color ciruela y un lazo plateado.

El hecho de que la caja estuviera vacía no parecía importarle a nadie. Formaba parte de la pompa y el boato de haber comprado una joya ridículamente cara.

Miró por la ventanilla, consciente más que nunca de la posibilidad de que la asaltaran en un aparcamiento. Como había insistido en llevar su coche, J.B. y ella se habían separado de camino al hospital. Podía estar cerca o al otro lado del edificio.

No parecía haber nadie al acecho, esperándola entre las sombras para robarle el anillo. Sacudió la cabeza para borrar aquel pensamiento, se bajó del coche y lo cerró.

Apenas había dado unos pasos cuando J.B. apareció. Era evidente que había encontrado sitio para aparcar antes que ella.

—¿Has pasado el día aquí? —preguntó ella.

Él se cruzó de brazos.

—Sí, excepto cuando me acosté contigo. No puedes fingir que no ha pasado nada.

—¿Que no? Mírame —dijo y se dirigió hacia la entrada del hospital como si la estuvieran siguiendo.

J.B. la siguió a la carrera, pero no la tocó.

Subieron en el ascensor con un grupo de extraños. En la planta de cuidados intensivos, se encontraron con los otros tres Vaughan. La madre de J.B. estaba mejor. Las enfermeras la habían hecho caminar y sus constantes vitales eran buenas. En veinticuatro o cuarenta y ocho horas la trasladarían a planta.

—Mamá quiere decirnos algo —intervino Alana—, pero tenemos que darnos prisa.

Los cinco entraron en el cubículo. A un lado de la cama se situaron las dos hermanas, y J.B. y su padre al otro. Mazie se quedó junto a al puerta.

—Está bien, mamá —dijo Alana—. ¿Qué es eso que querías decirnos?

La señora Vaughan miró a su hijo.

—Vosotros cuatro lleváis casi todo el día aquí —dijo dándole una palmadita en la mano—. J.B. quiero que lleves a tu padre y a tus hermanas a cenar a un buen restaurante, no a la cafetería del hospital. Mazie se quedará conmigo a hacerme compañía.

Todos se volvieron a mirar a Mazie, que notó cómo se sonrojaba.

—Lo haré encantada.

—Pero Mazie tiene que cenar.

—Tengo galletas saladas en el bolso, no te preocupes —replicó, jugueteando con el anillo.

J.B. permaneció impasible. Si tuviera que adivinar, Mazie diría que se había quedado dando vueltas al comentario de su madre, tratando de leer entre líneas. Seguramente se estaría preguntando si era seguro dejarla allí.

La señora Vaughan agitó la mano en el aire.

—Vamos, lo digo en serio.

Su voz era débil, pero tenía buen color y era evidente que estaba de buen humor.

—De acuerdo, mamá.

J.B. se volvió hacia Mazie y la besó en la mejilla.

—Asegúrate de que mi madre se comporta.

—Haré lo que pueda.

Después de lo que había pasado entre ellos esa mañana, ver a J.B. tan atento la desconcertaba. ¿Qué pasaría si sus atenciones fueran auténticas? ¿Podría confiar en él? ¿Era eso lo que quería?

Cuando se fueron, Jane Vaughan suspiró y sonrió a Mazie.

—Quiero mucho a esa panda, pero cuando los tengo revoloteando alrededor me ponen nerviosa. No estoy acostumbrada a que estén tan pendientes de mí.

—Lo entiendo.

—Acerca esa silla a la cama, Mazie.

—Será mejor que descanses hasta que le traigan la bandeja con la cena. Puedo aprovechar para leer en mi iPad.

La madre de J.B. negó con la cabeza.

—Tal vez esta sea la única oportunidad que tengamos de hablar en privado. Tengo que aprovechar.

¿Aprovechar? Mazie frunció el ceño.

—Quiero hablarte de mi hijo, querida, y de tu relación con él.

Mazie se quedó de piedra, presintiendo el peligro. Aquella mujer acababa de ser sometida a una operación. Nada debía incomodarla ni preocuparla durante su recuperación.

–Muy bien.

–No te asustes, sé que el compromiso es mentira –dijo Jane sonriendo–. Relájate.

–¿Cómo lo sabes?

–Jackson Beauregard es mi primogénito. Lo conozco bien y le quiero mucho. Desde que aquella mujer lo convenció para casarse y lo humilló, J.B. ha estado bloqueado emocionalmente. He rezado mucho para que lo supere, pero J.B. es muy duro consigo mismo. No se perdona aquel error de juventud. Juró que nunca más dejaría que otra mujer se acercara tanto a él y lo ha cumplido. Para él, salir con mujeres es como cambiar de camisa.

–Pero…

La madre hizo una mueca.

–Estaba tratando de darme un motivo para vivir. Ha sido muy amable de su parte. Pero no soy tonta. Nadie pasa de cero a cien tan rápido. Si se hubiera enamorado de ti, lo sabría –dijo sonriendo–. Tengo espías por todas partes.

–Ya me lo dijo J.B. –afirmó y se quedó pensativa–. ¿Así que me estás diciendo que no hay razón para continuar con esta farsa?

–Oh, no, querida, todo lo contrario. Te estoy pidiendo que continúes fingiendo con la esperanza de que mi hijo se dé cuenta de que el amor verdadero merece la pena.

***

A Mazie le daba vueltas la cabeza. En mitad de aquella curiosa conversación, una enfermera apareció y le tomó una muestra de sangre. Mientras comprobaba sus constantes vitales, le llevaron la bandeja con la cena.

Cuando los empleados acabaron con sus tareas, Mazie descubrió la bandeja.

—Parece pechuga de pollo, arroz y gelatina de limón.

—Qué rico.

La ironía de Jane hizo reír a Mazie.

—Necesita las calorías para recuperarse. ¿Por qué prefiere empezar?

—Si me lo como todo, tienes que aceptar mi plan.

Mazie cortó el pollo y añadió limón y sacarina al té siguiendo las indicaciones de Jane, que se incorporó en la cama.

—Me siento entre la espada y la pared, Jane. J.B. y yo somos…

¿Cómo podía definir lo que eran? Se estaba sintiendo atraída por sus encantos masculinos otra vez, y él la estaba usando para sus tácticas.

Jane, cumpliendo su palabra, estaba dando cuenta de la cena.

—¿Os habéis acostado?

—Eh…

Mazie se sonrojó. Aquella mujer acababa de salir de una operación a vida o muerte, y era capaz de llevar a cabo un interrogatorio como el mejor profesional.

—No me siento cómoda hablando de esto.

—Lo entiendo —dijo Jane, y se terminó el arroz—. Sé que os conocéis de toda la vida, pero ¿cómo es que tuvisteis una cita anoche?

–J.B. me invitó a cenar porque quiere comprarme el edificio en el que tengo mi tienda. Está justo en medio del gran proyecto de rehabilitación que quiere llevar a cabo.

–Qué maravilla. Espero que no se lo estés poniendo fácil.

¿Se refería a los negocios o al sexo?

Mazie abrió la tapa de la gelatina y se la dio junto a una cuchara de plástico.

–Tengo que admitir que me fastidiaba que pensara que iba a salirse con la suya sin más, así que le he puesto todo tipo de obstáculos. Pero me ha ofrecido un local estupendo para mi tienda. Había pensado hacerle sufrir hasta Navidad y luego ceder.

–Bueno, me alegro de que sus asuntos empresariales vayan bien, pero lo que me preocupa en su bienestar sentimental. Por favor, mantén el compromiso, Mazie. Él confía en ti y eso es un paso muy importante.

–¿Por qué dices eso?

No podía creerse aquella fantasía de que J.B. sentía algo por ella. Estaría muy enamorada cuando se supiera la verdad.

–Ningún hombre finge un compromiso a menos que esté seguro de que la mujer en cuestión le dejará libre cuando acabe la farsa. Es evidente que confía en que no le reclamarás nada por romper su promesa o por algo incluso peor. Tampoco tiene que preocuparse de que vayas tras su dinero, porque no te hace falta. Eres la mujer ideal para él.

–No, no lo soy.

J.B. no quería casarse y, por muy bueno que fuera el sexo, ningún hombre iba a sentar la cabeza si no había sentimientos de por medio. Mazie no creía que J.B. estuviera dispuesto a mostrarse tan vulnerable.

Si aquel plan continuaba adelante, volvería a salir herida. Aun así, no podía decirle que no a su madre, teniendo en cuenta las circunstancias.

—No creo que lo sea, Jane, pero si te hace más feliz, seguiré adelante con este compromiso unos días más.

—Gracias, querida. Anda, enséñame el anillo.

Mazie volvió a sonrojarse.

—¿Cómo lo has sabido?

—Has estado ocultando tu mano izquierda desde que entraste en la habitación. Y no solo eso. Prácticamente tuve que obligar a mi hijo a que fuera contigo a comprar el anillo y estaba segura de que lo ha hecho para no llevarme la contraria.

—Es un anillo demasiado llamativo —confesó Mazie, y extendió la mano izquierda.

Jane tomó su mano entre las suyas y se quedó contemplando la joya.

—Vaya.

Mazie arrugó la nariz.

—Lo sé, es demasiado, ¿verdad? No sé en qué estaba pensando J.B.

—Siempre les he dicho a mis hijos que vayan a por todas o que si no, no se molesten.

Jane cerró los ojos y se frotó el pecho.

—¿Jane? —dijo Mazie alarmada—. ¿Estás bien?

—Un poco cansada, querida. ¿Por qué no lees un rato tu libro mientras yo me echo la siesta?

—Claro.

Mazie retiró la bandeja a un lado y apartó la mesa plegable. Cuando miró la hora, comprobó que tan solo habían transcurrido cincuenta minutos desde que se fueran los Vaughan. Si habían hecho caso a Jane, todavía tardarían una hora más. Mazie sacó su iPad del bolso y buscó el libro que estaba leyendo. Aunque era una divertida comedia romántica, no consiguió mantener la atención.

Al cabo de un rato guardó el aparato en el bolso y se quedó observando a la mujer que estaba en la cama. Por lo general, se suponía que las madres tenían un sexto sentido respecto a la vida amorosa de sus hijos. Jane parecía tenerlo más desarrollado que la media. El hecho de que se hubiera dado cuenta de que el compromiso era una farsa indicaba que sabía muy bien cómo funcionaba la cabeza de J.B.

Lo que no sabía Jane era que J.B. ya había rechazado a Mazie en otra ocasión. Le había roto el corazón, dejándola vulnerable y dolida. A pesar del tiempo transcurrido, la herida todavía seguía abierta. Por su madre, seguiría adelante con aquella farsa unos cuantos días más.

No iba a ser tan tonta como para creer que el anillo y la situación eran algo más que el deseo de un hijo de animar a su madre.

J.B. se detuvo en el umbral de la puerta y se quedó contemplando a las dos mujeres. Su madre dormía. Todos los informes hasta el momento eran halagüeños. Lo peor ya había pasado.

Junto a su cama, en una incómoda butaca reclinable de falso cuero, Mazie dormitaba con la mejilla apoyada en una mano. No era de extrañar. Había pasado gran parte de la noche con él en el hospital y luego por la mañana, en su casa, había estado… entretenida de otra manera.

La idea de haberle hecho el amor lo perturbaba. Le gustaba tener cada cosa en su sitio. Sin embargo, no sabía cómo encasillar sus sentimientos por aquella mujer de cabello castaño y ojos del color del ámbar. Era a la vez un contacto de negocios, una vieja amiga de la familia, la confidente de su infancia, su amante… Y lo más preocupante de todo: era la hermana de su mejor amigo. Era esto último lo que más desasosiego le producía.

Una relación con la hermana de Jonathan tenía muchos peligros. Durante años, la había considerado descartada. Ahora lo había complicado todo inventándose un falso compromiso para dar a su madre la ilusión necesaria para recuperarse. ¿Hasta dónde tendría que llegar antes de poner fin a esa farsa? Sabía que Mazie no se aprovecharía de la situación. Más bien, se comportaba como una prometida reacia.

Sin querer debió hacer algún ruido porque Mazie abrió los ojos bruscamente.

–Hola, ya has vuelto. ¿Dónde están los demás?

Su madre también se despertó.

–Hola, hijo. ¿Habéis cenado bien?

–Sí, mamá. Papá y las chicas se han ido a casa a descansar. Yo voy a hacer el primer turno. Pasaré la noche aquí.

–No necesito una niñera.

Se inclinó y le apretó la mano.

–Déjame darme el gusto –replicó divertido, y se volvió hacia Mazie–. Te acompañaré al coche.

–Tomaos vuestro tiempo –dijo su madre con una sonrisa.

Mazie sintió que le ardían las mejillas.

–Compórtate, mamá.

–Ha salido la luna y hace una noche preciosa. No voy a irme a ninguna parte. Y por cierto…

–¿Sí?

–Has elegido muy bien el anillo. Es precioso.

–Me alegro de que te guste –dijo sintiendo calor en las orejas–. Quería algo único y especial, como Mazie.

–He disfrutado charlando contigo, Jane –dijo Mazie levantándose–. Tal vez venga a verte mañana, si te apetece tener visitas.

–Ven aquí y dame un abrazo. Y sí, te estaré esperando. Mandaré al resto a tomar café y podremos seguir cotilleando tranquilamente.

–Mientras cumplas lo que te diga el médico, podemos cotillear todo lo que quieras. Buenas noches y hasta mañana.

–Enseguida vuelvo –le dijo J.B. a su madre.

Tomó a Mazie del brazo y enfilaron hacia los ascensores.

–Muchas gracias por todo. Se siente bien sabiendo que todos estamos cumpliendo sus órdenes.

–No es tan terrible –protestó Mazie–. Solo quiere lo mejor para todos vosotros.

–Ya veo –dijo J.B., fingiendo alarma–. Te está adoctrinando.

Mazie le dio un puñetazo en el brazo.

–No seas malo. Tu madre es adorable.

–Estoy completamente de acuerdo –replicó apretando el botón para bajar–. Pero no te dejes engañar. Antes de que te des cuenta, estarás bailando al son que toque.

Una vez fuera, J.B. acompañó a Mazie hasta donde había aparcado el coche. Abrió la puerta y dejó el bolso en el asiento del pasajero.

–Date prisa y vuelve a su lado por si necesita algo.

Él apoyó el brazo en el techo del coche, acorralándola.

–¿Quiere deshacerse de mí, señorita Tarleton?

–No –respondió Mazie levantando la cabeza para mirarlo.

J.B. le apartó un mechón de pelo de la mejilla, deseando no estar en público para besarla como quería.

–Hoy te he echado de menos.

Ella emitió un sonido que podía interpretarse tanto de conformidad como de desacuerdo.

–Después de todo, eres mi prometida –añadió.

–Tu prometida de mentira –le corrigió.

–¿Qué vamos a hacer con lo que hay entre nosotros?

–¿Te refieres al sexo?

–Sí, pero no es fácil, ¿verdad? Nos estamos metiendo en un agujero.

–Estoy de acuerdo. Creo que lo más prudente sería poner fin a esto cuanto antes.

–¿Y si no quiero? Tú y yo somos alucinantes en la cama.

–Quisiera recordarte que no lo hemos hecho en la cama. Parece que nos gustan más los lugares insólitos, como la cámara acorazada de un banco, el sofá de su salón…

–No tengo inconveniente con los sofás –comentó y la besó en la frente.

De repente se dio cuenta de que no quería que se fuera. Le gustaba tenerla cerca en mitad de aquella crisis familiar. A su lado, todo resultaba mucho más sencillo.

–Tengo una idea. ¿Por qué no te vienes a vivir a mi casa unos días? A mi madre le caes bien y nos ayudarías a cuidar de ella. Además, mi casa está cerca de All That Glitters. Tardarías la mitad de tiempo en llegar al trabajo.

–Es un plan un poco retorcido para que podamos revolcarnos cuando queramos. ¿Qué pretendes, J.B.?

¿Por qué las mujeres siempre se empeñaban en buscar sentimientos y romanticismo en los hombres? Aquello era algo físico, nada más. Mazie tenía que haberse dado cuenta.

–No pretendo nada. Estando mi madre enferma y tú y yo trabajando, es la única forma que se me ocurre de que podamos encontrar un rato para estar a solas.

–Para acostarnos.

–Sí, para acostarnos.

–¿Cuánto tiempo tienes pensado?

–No sé, una semana, tal vez dos.

–Eso incluye Navidad.

–Supongo que sí –dijo y le acarició el pelo antes de atraerla para besarla de nuevo–. Pasa conmigo Navidad, Mazie. Te deseo más allá de lo que es razonable. Dime que tú también lo sientes.

–Sí –susurró en un tono apenas audible–. Pero me gustan muchas cosas que no me convienen: el mousse de chocolate, el helado de caramelo, los chicos malos que se empeñan en salirse con la suya…

Cerró la puerta y estrechó a Mazie contra el coche. Su erección creció.

–Tengo que volver dentro –gruñó.

Mazie tomó su rostro entre las manos y lo besó lentamente, acariciando su lengua con la suya.

–Me pensaré tu idea, J.B. –dijo y lo empujó para que se apartara–. No vamos a tener sexo en un aparcamiento. Tengo que poner el límite en algún sitio.

Podía haberle suplicado, pero tenía razón. Respiró a bocanadas el aire frío de la noche y se obligó a apartarse.

–Prepara la maleta esta noche, por favor.

–No me presiones. Ya te he dicho que lo pensaré –dijo deshaciéndose de su abrazo, y abrió la puerta del coche–. Hasta mañana.

Capítulo Trece

Mazie estaba muerta de hambre cuando volvió a casa. Apenas había comido nada en todo el día. Jonathan la encontró en la cocina. El olor a beicon lo había sacado del despacho que tenía en casa.

—¿Cenando tarde o desayunando pronto? —preguntó, olfateando el aire.

—No he cenado. ¿Te apetecen unos huevos revueltos?

Jonathan se sentó en un taburete.

—Suena apetecible. Comí con un cliente y solo tomé una ensalada.

—¿Todavía te sientes mal?

—No quería contártelo aún, pero mi médico quiere que haga una especie de retiro en el desierto para ver si podemos acabar con los dolores de cabeza. Los médicos y terapeutas que dirigen el tratamiento emplean una combinación de meditación y medicamentos orgánicos y naturales.

—Sin ánimo de ofender, eso no te pega nada —observó Mazie mientras batía los huevos.

—Tienes razón, pero estoy desesperado.

—Toma, enseguida estarán las tostadas. Empieza a comer —dijo ofreciéndole un plato de huevos y beicon—. ¿Por qué no querías contármelo?

—Porque hay que reservar con meses de antelación. El único hueco libre que tenían era la semana de Navidad.

–Vaya –exclamó sintiendo un nudo en el estómago–. Bueno, es solo una fecha en el calendario. Papá y yo nos las arreglaremos.

–Esa es la otra parte. A papá le han invitado a ir de crucero con sus compañeros de universidad. Me preguntó qué me parecía y le dije que le vendría bien salir de casa. Pero eso fue antes de que supiera que me iría. Me siento fatal, Mazie. Temía el momento de contártelo.

–No seas ridículo –dijo esbozando una sonrisa–, no soy una niña. Además, se me ocurren varios sitios donde pasar las fiestas. No te preocupes por mí, lo importante es que te pongas bien.

–Te lo compensaré –afirmó aliviado–. Te lo prometo.

–Estaré bien. Anda, cómete los huevos antes de que se enfríen.

Añadió una tostada a cada plato y se sentó con él. Por unos minutos, la paz reinó en aquella cocina tan acogedora. De vez en cuando, Mazie pensaba en tener su propia casa, un hogar en el que cocinar para un hombre, o que él cocinara para ella, con un par de niños corriendo por los pasillos y dejando los juguetes por todas partes.

–¿Jonathan?

–¿Sí?

Se había terminado el plato y estaba untando mantequilla y miel en la tostada.

–La madre de J.B. ha salido bien de la operación. Justo antes de entrar en el quirófano, J.B. hizo una tontería. Todos temían que no saliera de esta, incluso la propia Jane.

–¿Y…?

–J.B. le dijo que nos habíamos comprometido

en secreto. Le dijo que tenía que ponerse bien para jugar con todos los nietos que le íbamos a dar.

–¡Qué cabrón! –exclamó con ironía.

–Lo sé. Ni siquiera pude enfadarme con él porque estaba muy preocupado y asustado.

–Y ahora vais a tener que esperar un poco antes de romper para que no se disguste.

–Algo así.

No quería explicarle que Jane Vaughan se había dado cuenta de la farsa. ¿Qué más daba?

Jonathan metió los utensilios en el lavavajillas.

–Si quieres mi consejo, yo no se lo contaría a papá. No hará más que confundirlo. Odio decirlo, pero está decayendo a pasos agigantados.

–¿Y no te parece que eso pueda ser un problema para el crucero?

–Tampoco es que no pueda valerse por sí mismo –dijo Jonathan haciendo una mueca–. Ahora en serio, conozco a todo el grupo. Cuidarán de él.

–Mientras ninguno de ellos sea como papá.

–El crucero es para personas mayores, seguro que habrá gente con más edad que él. Estará bien.

–Eso espero.

Jonathan miró el reloj.

–No te muevas. Quiero enseñarte algo.

Cuando se fue, Mazie aprovechó para recoger la cocina. El ama de llaves podía haberlo hecho por la mañana, pero no le gustaba dejar la cocina desordenada. Acababa de limpiar la encimera cuando Jonathan regresó con una caja pequeña, más o menos del tamaño de la de su anillo. Era de cuero rojo y no estaba envuelta.

Mazie estaba delante del fregadero cuando su hermano la abrazó por detrás.

—Odio perderme la Navidad, hermanita, así que quiero darte ya el regalo —dijo y se sentó sobre la encimera de granito de la isla—. Adelante, ábrelo.

Mazie abrió la tapa y se quedó sin respiración. Dentro había un bonito collar. Era una cadena de oro con una perla colgando del tamaño de una canica.

Con cuidado, sacó el collar y acarició la perla.

—Es precioso, Jonathan.

—Hace poco, papá y yo hicimos unas gestiones legales. Cuando abrí la caja fuerte para buscar unos papeles me encontré con un montón de joyas de mamá. Evidentemente, cuando la mandó a vivir a la residencia tuvo que dejarlas aquí. Sé cuánto la echas de menos, en especial estos días de Navidad. Pensaba que podías ponértelo y sentirla cerca hasta que vayamos a verla a Vermont.

Los ojos de Mazie estaban húmedos.

—Gracias, Jonathan, me encanta.

—De todas formas, algún día será tuyo —comentó él mientras la observaba ponérselo.

—No, eso no es justo —replicó frunciendo el ceño—. Hartley y tú os quedaréis una parte para vuestras esposas.

—Hartley está fuera de escena y yo no me veo casado.

—¿Por qué dices eso?

—Temo que estos dolores de cabeza sean el anticipo de algo peor. ¿Y si he heredado la inestabilidad de mamá? No quiero condenar a una esposa y a unos hijos a la clase de vida que tú y yo hemos conocido. No sería justo.

Se quedó horrorizada. ¿Llevaría meses contemplando esa posibilidad?

–Oh, Jonathan, no tenía ni idea. No creo que pueda ser posible. Eres un hombre brillante que dirige un imperio multinacional. Cientos de personas dependen de ti y lo haces tan bien, que incluso papá se siente indispensable. No vas a volverte loco. Te lo diría si viera algún indicio.

–Gracias.

–Y no te preocupes por las Navidades. Ya buscaré dónde pasar estos días mientras papá y tú estáis fuera. J.B. me ha ofrecido quedarme en su casa.

¿Sería su forma de justificar una elección que sabía no debía tomar?

–Para no ser un compromiso de verdad, le echa valor. ¿Te estás acostando con él? –preguntó con tono truculento.

Ella lo miró frunciendo el ceño. Estaba acostumbrada a su carácter protector.

–Te quiero, hermano mayor. Me ha gustado mucho el regalo, pero no voy a hablar de esto contigo, ¿queda claro?

Algunas cosas eran privadas.

–¿Qué le vas a decir a papá?

–La verdad, que estoy ayudando a un amigo. Vendré a verle cada dos días hasta que se vaya al crucero. Cuando vuelva, todo esto habrá acabado.

–¿Así que vas a pasar las navidades con los Vaughan? Ya no me siento tal mal por dejarte.

–Tal vez. También puedo irme con Gina. Tiene muchos primos y no notarán si hay una persona más. Siempre me está invitando a sus fiestas familiares. No sé si a la señora Vaughan le apetecerá celebrar la Navidad.

–Muy bien, mientras no te quedes sola.

–Estar sola no es tan malo. No es lo mismo que

sentirse sola. Te tengo a ti y a papá, y muchos amigos. Estaré bien.

La pregunta seguía en el aire: ¿pasaría las Navidades en la cama de J.B.?

Unas horas más tarde puso a prueba las palabras que le había dicho a su hermano.

Con las luces apagadas y la habitación a oscuras, lo único en lo que podía pensar era en lo mucho que deseaba tener a J.B. allí a su lado. La intensidad de aquel deseo era una señal de alerta. ¿Cómo le había podido robar el corazón tan rápidamente?

Ahora se daba cuenta de que había mantenido su aversión hacia J.B. durante tantos años para no reconocer que seguía sintiendo algo por él. Ya no sentía aquellas palpitaciones de adolescente sino una emoción más intensa que la asustaba.

J.B. estaba jugando con ella. Pretendía tener una aventura navideña. Sería una estúpida si le permitía controlar su felicidad, arrastrarla a su casa y a su cama.

A pesar de que sabía que debía proteger su corazón, no podía resistir el impulso de pasar unas navidades perfectas con J.B. Admitir la verdad le resultaba tan emocionante como terrorífico.

Por la mañana prepararía una mochila con sus cosas y probaría suerte con el soltero más diabólico de Charleston.

Cuando el domingo llegó al hospital poco antes del mediodía, dudó si entrar. J.B. no la había llamado ni le había mandado ningún mensaje. Tal vez se había arrepentido de su invitación precipitada.

No era tarde para retirarla. Tenía la mochila en el maletero del coche y no tenía por qué enterarse de que había ido preparada.

Había estado trabajando antes de ir al hospital e iba vestida con una falda ajustada, una blusa verde de seda y el nuevo collar.

Se llevó la mano a la perla, que descansaba en su escote. Jonathan era consciente de lo que se había perdido de niña, lo que ambos se habían perdido. La perla no podía devolverle a su madre, pero era un vínculo con todo lo que podía haber sido.

Dentro del hospital, se dirigió al mostrador de información y confirmó que la señora Vaughan había sido trasladada a planta. Eran muy buenas noticias. Cuando llegó a la habitación, solo estaba Alana. Incluso la cama estaba vacía.

La joven sonrió. Tendría un par de años menos que Mazie.

–Se han llevado a mamá a rehabilitación. Enseguida estará de vuelta.

–¿Y el resto de la familia?

–Mi padre es muy madrugador. Ha llegado a la seis de la mañana y le ha dicho a J.B. que se fuera a casa a dormir. Ahora mismo ha ido a tomar algo. Leila y yo llegamos antes de las ocho. A mi madre le apetecía un café, así que Leila se ha ido a comprárselo.

–Bueno, parece que todo está bajo control. Tal vez debería volver más tarde.

Alana se puso de pie y metió en su mochila el libro que estaba leyendo.

–Lo cierto es que tengo que pedirte un favor.

–Encantada de poder ayudar. ¿De qué se trata?

–Mi hermana y yo tenemos entradas para *El cascanueces* hoy a las dos. Mi madre se ha acordado e insiste para que vayamos. Una de las entradas era para ella y quiere que vaya mi padre en su lugar. Lo cual es una tontería porque no le gusta el ballet, pero ¿qué remedio le queda? Quiere verla contenta.

–Me quedaré con tu madre con mucho gusto –dijo Mazie.

–J.B. no tardará mucho en volver. No estarás sola.

–Ya he dicho que sí –bromeó Mazie–. No hace falta que insistas.

–Perfecto –dijo Alana.

En aquel momento, un celador apareció empujando la silla de ruedas de la señora Vaughan y la ayudó a meterse en la cama. Mazie se quedó en el pasillo para no molestar. Enseguida aparecieron el señor Vaughan y su otra hija. Aquel caos controlado apenas duró unos minutos.

Mazie oía a la madre de J.B. diciéndole a cada uno lo que tenía que hacer. Mazie rio para sus adentros. Con razón los Vaughan amaban y temían a Jane. Tenía una fuerza arrolladora.

El alboroto cesó y todo volvió a la calma. Mazie oyó a Jane preguntar por ella.

–Estoy aquí –anunció desde la puerta.

Jane se despidió de su marido y sus hijas con un beso.

–Pasadlo muy bien. Mazie y J.B. cuidarán de mí hasta que volváis.

Enseguida se quedaron solas Mazie y Jane. Por primera vez desde que había llegado, vio a la mujer venirse abajo.

—Estoy frita —refunfuñó—. Odio estar así.

—Has tenido un infarto y te han operado. Llevará su tiempo. ¿Por qué no descansas hasta que te traigan la comida?

—Estoy cansada de descansar. Háblame de tu familia. Necesito distraerme. Me estoy volviendo loca en este sitio.

Mazie acercó una silla.

—Muy bien. ¿Te acuerdas de mis padres?

—Más o menos. Cuando erais pequeños, teníamos relación, pero con el transcurso de los años perdimos contacto.

—¿Sabes lo de mi madre, verdad?

—Sí. La pobre mujer tenía sus demonios. Tú eras pequeña.

—Pero recuerdo cuando se fue.

—Ven y siéntate aquí —dijo y la tomó de la mano—. Todo el mundo en Charleston sabía lo que estaba pasando. Tus padres eran muy apreciados y ver a unos niños perder a su madre… —comentó y sacudió la cabeza—. Todos lo sentimos por ti y por tus hermanos, y por tu padre también, por supuesto. ¿Cómo está Gerald?

—Su salud es precaria. Es veintidós años mayor que mi madre y se nota que está envejeciendo.

—Tuvo que ser difícil para él mandarla a la residencia.

Mazie se levantó y empezó a dar vueltas por la habitación.

—Sí. Mis hermanos y yo vamos a visitarla de vez en cuando a Vermont, pero hace años que no nos reconoce. Aun así, parece feliz.

—Si te casas con mi hijo, tendré el honor de ser tu suegra.

Sonaba a broma, pero cuando Mazie se dio la vuelta y la miró, Jane estaba seria.

—Me dijiste que sabías que J.B. se había inventado toda esa historia del compromiso.

—Así es, pero en ocasiones los hombres hacen cosas que tardan en entender.

—Jane, por favor, no te hagas ilusiones —dijo y se mordió el labio—. No es real.

—He visto como te mira.

Mazie tragó saliva, deseando convencerse de que Jane tenía razón.

—Se siente atraído físicamente por mí. Supongo que es la excitación por conseguir lo que quiere. En cuanto le venda el local, perderá el interés.

—Es hora de que siente la cabeza.

—J.B. está contento con su vida. No creo que se esté perdiendo nada.

—¿Y qué me dices de ti, Mazie?

Capítulo Catorce

J.B. escuchó lo suficiente como para darse cuenta de que la pobre Mazie no sabía dónde meterse. Empujó la puerta entreabierta con la cadera y entró en la habitación.

–He traído comida china para Mazie y para mí. Lo siento, mamá. Si te da hambre, podemos ir a comer a la sala de espera.

Al ver el gesto de alivio de Mazie, sonrió.

–Gracias, J.B.

Una joven vestida con un uniforme rosa apareció con la bandeja de la comida y la dejó en la mesa. Mientras J.B. sacaba la comida que había llevado, Mazie ayudó a Jane a organizarse.

Cuando todos se dispusieron a comer, Jane sonrió con dulzura.

–Creo que deberíamos poner fecha a la boda enseguida –dijo mirando con desagrado su pescado hervido–. Los mejores sitios para verano se reservan enseguida.

J.B. siguió como si tal cosa. La mención de la boda no parecía afectarle lo más mínimo. Estaba acostumbrado a sus tácticas. Sin embargo, la pobre Mazie se atragantó con un bocado de cerdo agridulce, su expresión indescifrable. Se sonrojó. ¿Estaba asustada o intrigada?

–Déjalo, mamá. Te quiero, pero esto es entre Mazie y yo.

141

–Por favor, no te ofendas, pero no tenemos prisa, Jane. J.B. tiene un gran proyecto por delante y, además, tampoco llevamos tanto tiempo juntos.

Su madre sacudió la cabeza y picoteó de la macedonia. Luego lanzó una mirada severa que J.B. interceptó, pensando que Mazie no los veía.

–Ya sabes que no me gusta estar sin hacer nada, hijo. Los preparativos de la boda serían la distracción perfecta mientras me recupero.

–Buen intento, mamá. No te va a funcionar hacernos sentir culpables ni coaccionarnos. Mazie y yo somos adultos. Tendrás que esperar a que decidamos la fecha. Anda, come y compórtate.

El resto de la tarde pasó sin sobresaltos. Su madre estuvo durmiendo a ratos. Entre medias, Mazie y J.B. la entretuvieron con su charla. Mazie era muy atenta con su madre.

Cuando fueron las cinco, la hora del relevo, J.B. estaba deseando salir de allí con Mazie. Había sido una tortura pasar la tarde mirándola. Estaba deseando volver a hacerle el amor, esta vez en una cama cómoda donde pudiera tomarse todo el tiempo necesario.

Era una mujer elegante, divertida y, por encima de todo, atenta. Por eso no le veía sentido a que se lo estuviera poniendo tan difícil para venderle el edificio donde tenía la tienda. El sitio era un desastre. La electricidad y la calefacción funcionaban mal, y había goteras en el sótano. El local que le había ofrecido a cambio era mucho mejor. Pero parecía aferrada a aquel desprecio que llevaba años sintiendo hacia él. Le gustaría creer que había conseguido hacer las paces con ella, que lo que había ocurrido en el pasado había quedado atrás.

Había gente que creía que el amor era otra cara del odio. ¿Quería eso de Mazie? Por supuesto que no. Ya en una ocasión había sido vulnerable y había confiado en una mujer. La traición se había llevado por delante su corazón, su orgullo y su fortuna.

El infarto de su madre había desviado su atención, pero ahora que se estaba recuperando, tenía que poner todos sus esfuerzos en convencer a Mazie de que vendiera.

Le había pedido que pasara la Navidad con él. ¿Le diría que sí?

Al respirar el aire frío de la tarde, sintió alivio.

–Odio los hospitales, los olores, las caras tristes… Espero que mi madre no tenga que estar mucho tiempo.

–Es un buen hospital, J.B., pero sé a lo que te refieres.

–¿Tienes hambre?

–Todavía no.

–¿Quieres que vayamos a correr por el puente?

El puente Ravenel, inaugurado en 2005, tenía carriles para bicicletas y peatones.

–Me encantaría. Me vendrá bien estirar las piernas –asintió Mazie y se miró la falda y los tacones–. Pero tendré que cambiarme de ropa.

Estaban en la acera, al lado del aparcamiento. J.B. la tomó del brazo y le acarició la muñeca.

–¿Has traído lo necesario para quedarte en mi casa?

Mazie asintió lentamente. El pulso se le aceleró. Cuando alzó la vista para mirarlo, J.B. advirtió su vulnerabilidad.

–Sí, aunque no sé por qué.

Se sintió exultante, pero mantuvo una expresión indiferente. Unas palabras quedaron suspendidas en sus labios, palabras que lo podían cambiar todo. No, no las pronunciaría, no podía. No quería estropear el momento. Había demasiado en juego.

—Bien, vayamos a mi casa a cambiarnos.

¿Era desilusión lo que veía en la cara de Mazie? Se sintió avergonzado, pero no dijo nada.

La distancia era corta, apenas diez minutos de trayecto. Aun así, contuvo la respiración hasta que vio el coche de Mazie detenerse en el camino de entrada, junto a su todoterreno.

Cerró de un portazo la puerta del coche y esperó. Mazie también se bajó, con el bolso colgado del hombro y una estilosa mochila en la mano.

—Te he preparado un juego de llaves. Te recordaré cómo usar la alarma esta noche, cuando nos vayamos a la cama –dijo, quitándole de la mano la mochila.

—No creo que haga falta, ¿no? Tampoco voy a quedarme tanto tiempo.

—Quiero que te sientas como en tu casa.

Al decir aquellas palabras, una alarma saltó en su cabeza. Nunca antes le había dicho eso a una mujer. Tenía que ser prudente. Mazie podía hacerse ilusiones y, lo que era peor, él también.

Una vez en el interior, subieron al piso superior y le enseñó el cuarto de invitados.

—Es una habitación preciosa –dijo Mazie, admirando la bonita decoración en tonos verdes.

J.B. dejó la mochila en la cómoda.

—Espero que no quieras pasar todo el tiempo aquí.

Ella se sonrojó.

—J.B., yo...

Él levantó la mano.

—Es tu habitación, un espacio completamente privado. Nada de ataduras. Pero me permito recordarte lo divertido que es cuando ambos cedemos a la tentación.

—¿Solo divertido? Yo diría que es una locura.

—Así que lo reconoces.

Mazie se encogió de hombros y dejó el bolso en una silla. Luego, miró a su alrededor.

—Es imposible no hacerlo —murmuró, deslizando la mano por la colcha.

Al verla acariciar la cama, se estremeció como si le estuviera acariciando a él. Mantuvo la distancia, aunque le costó lo suyo resistirse.

La amaba.

Aquel repentino descubrimiento le cayó como un jarro de agua fría. Deseó tomarla entre sus brazos, besarla apasionadamente y hundirse en ella hasta quedarse sin aliento de puro deseo.

Pero las consecuencias podían ser nefastas.

No podía dar un paso adelante sin tener en cuenta el pasado. El fracaso, la humillación, el desprecio…

Así que hizo lo que era más prudente.

—Vístete. Iremos a correr por el puente y luego a Lolita´s a comer marisco.

Esta vez, la sonrisa de Mazie fue abierta y sin rastro de su habitual recelo.

—Con ese aliciente, te seguiré donde quieras.

J.B. necesitaba hacer ejercicio y, aunque habría preferido hacerlo bajo las sábanas, seguramente era mejor así.

Mazie se cambió de ropa tan rápido como él. Al poco, estaban de camino al puente.

Mientras Mazie se bajaba del coche y empezaba a estirar los músculos, J.B. cerró el coche y evitó fijarse en la licra negra que cubría aquel trasero respingón. Él también hizo algunos estiramientos, pero estaba inquieto.

—Vamos, podemos hacer el primer kilómetro caminando para calentar.

Había poca gente disfrutando del parque y estaban lejos. Aunque se oía el sonido de los coches al otro lado del muro de hormigón, las vistas de la ciudad de Charleston compensaban. Comenzaron la caminata a buen paso. Cuando Mazie se quitó la chaqueta y se la anudó a la cintura, J.B. se volvió hacia ella.

—¿Lista?

—Sí.

Echaron a correr a un ritmo suave. A cada paso, la tensión parecía abandonar su cuerpo. Llevaba semanas inmerso en aquel proyecto faraónico que incluía el edificio de Mazie. Luego, el infarto de su madre. Pero por encima de todo, eran Mazie y sus sentimientos hacia ella lo que le habían mantenido en vilo día y noche.

J.B. pensó que pararía en la parte más alta del arco, pero le sorprendió ver que seguía corriendo, su coleta ondulando al viento. Ajustó el ritmo, acortando la zancada para igualarse a la de ella. Al otro extremo, dieron media vuelta y volvieron. Esta vez se detuvieron en mitad del puente y Mazie se quedó mirando el río. Por el día, podían verse delfines. Por la noche, el misterio reinaba en aquellas aguas profundas.

–No podemos estar mucho tiempo parados o nos quedaremos fríos –dijo él dándole con la cadera–. Además, estoy muerto de hambre.

Continuaron caminando a buen ritmo y aprovecharon el último tramo para bajar el ritmo cardíaco, algo que le resultaba difícil teniéndola a su lado.

Lolita´s era un restaurante perdido que solo conocían los lugareños. No estaba en la playa, pero sí lo suficientemente cerca de la costa como para tener el mejor marisco de Mount Pleasant. El ambiente era desenfadado y no desentonaban con su ropa deportiva.

La camarera los acompañó hasta una mesa debajo de un enorme pez disecado con un gorro de Santa Claus y les dio la carta.

–El plato especial del día es mero, con doble guarnición. Treinta y cinco pavos, merece la pena por el precio. La sopa del día es de gambas. Voy a por el agua y enseguida estaré de vuelta para tomar la comanda.

Mazie bostezó.

–Perdona –se disculpó nada más irse la camarera–. Anoche no dormí bien. Jonathan y yo cenamos huevos fritos con beicon y me tomé una taza de café. En la universidad no me afectaba, pero supongo que me estoy haciendo mayor.

J.B. se recostó en su silla y sonrió.

–Sí, eres una viejecita –dijo y miró a su alrededor, reparando en las luces y en los adornos navideños–. Debería confesarte algo. El ama de llaves fue quien se ocupó de decorar mi casa, ya sabes, luces, guirnaldas… Pero no tengo árbol.

–No te preocupes. Nosotros nunca pusimos árbol.

–¿De veras? –replicó frunciendo el ceño–. Pensé que te encantaba la Navidad. Jonathan siempre bromea sobre eso y sobre cómo evita refunfuñar cuando estás cerca.

–Es cierto que me gusta la Navidad, pero no hemos decorado la casa desde que mi madre se fue. Al principio éramos muy pequeños y, para cuando estábamos en el instituto, el momento había pasado. A los chicos les daba igual y a mí me preocupaba que mi padre se pusiera triste –explicó y se encogió de hombros–. Tampoco pasa nada, bastante adornos hay por todas partes.

Les sirvieron la comida y ambos dejaron limpios sus platos.

–Este sitio es increíble. Me alegro de que se te ocurriera.

J.B. estaba dispuesto a satisfacer cualquier otro apetito que pudiera tener. Su cuerpo la deseaba. A pesar de la urgencia de su deseo, se contuvo.

Estaba deseando llevársela a casa y quitarle la ropa, pero necesitaba respirar hondo y tomar perspectiva. Además, tenía que ganársela.

Después de pagar la cuenta, la escoltó fuera.

–Tengo una sorpresa –le anunció.

Como de costumbre, la reacción de Mazie fue de desconfianza.

–Espero que no tenga que ver con cámaras acorazadas de bancos.

¿Estaba flirteando con él o simplemente poniéndoselo difícil? Le desconcertaba no acabar de entenderla.

J.B. le abrió la puerta y trató de ayudarla a meterse en el coche, pero lo rechazó.

–Puedo hacerlo.

–Muy bien –murmuró.

Esperó a que se sentara para cerrar la puerta y luego rodeó el coche hasta el lado del conductor.

Era Navidad, la época de la armonía y los buenos deseos. Mazie y él estaban limando asperezas, pero quería más. Por un instante, se imaginó a un año vista, los dos frente a la chimenea leyendo cuentos a un pequeño. La imagen lo sorprendió tanto, que a punto estuvo de pasarse un semáforo en rojo. Aquello tenía que ver con la infancia perdida de Mazie, no se le ocurría otro motivo.

–¿Estás bien? –preguntó ella mirándolo.

–Sí, lo siento, tenía la cabeza en otro sitio.

–Lo entiendo. Es lógico que estés preocupado por tu madre, pero se está recuperando bien, J.B. Hoy cuando todos os fuisteis, me dijo que cada día se siente con más fuerzas.

–Sí, lo sé.

No se quitaba a su madre de la cabeza, pero su estado era estable, a diferencia de lo que tenía con Mazie.

Un poco más adelante, encontró lo que estaba buscando. Giró en un aparcamiento y apagó el motor.

–¿Qué estamos haciendo aquí? –preguntó Mazie.

–¿A ti qué te parece? –dijo inclinándose hacia ella y acariciándole la mejilla–. Creo que has sido buena este año y Santa quiere que te dé tu regalo.

Capítulo Quince

Mazie sintió un nudo en la garganta y los ojos se le llenaron de lágrimas. ¿Cómo era posible? No podía ponerse sentimental solo porque un hombre estuviera siendo atento y amable con ella.

J.B. se quedó mirándola con una sonrisa burlona. Tenía carisma a raudales. Con razón había salido con la mitad de las mujeres de Charleston. Era un George Clooney en joven: encantador, divertido y difícil de pillar.

−¿Estás seguro? Los árboles de Navidad lo llenan todo de agujas y son difíciles de montar.

J.B. sonrió.

−Acepto el reto.

−Está bien. Tú lo has pedido.

Mazie salió del coche y respiró.

−Respira hondo −dijo él−. Ningún árbol artificial puede darte esto.

Hacía horas que había anochecido, el dueño del negocio había colocado largas tiras de luces de colores entre los árboles que vendía. De fondo sonaban villancicos. Ya se acercaba el día de Navidad y el sitio estaba concurrido.

Por un segundo, Mazie volvió a sentirse como una niña ilusionada y llena de inocencia. Y todo, gracias al hombre que una vez le había roto el corazón.

Con una sonrisa indulgente en los labios, J.B. la

siguió mientras recorría las filas de abetos recién cortados. Cuando se lo pedía, le sacaba alguno para que lo inspeccionara por todas partes.

Por fin encontró el que más le gustaba. Era perfectamente simétrico y frondoso.

–¿Estás segura? En casa parecerá más grande.

–Es perfecto, ya lo verás.

Mientras J.B. pagaba y el hombre preparaba el árbol para transportarlo, Mazie se recordó que no debía ilusionarse con aquella fantasía de que J.B. sentía algo por ella. Todo lo que estaba ocurriendo aquel extraño mes de diciembre era fingido.

Disfrutaba acostándose con ella. Tal vez también era su forma de camelársela para que le vendiera su local o de superar su preocupación por su madre y ayudarle en aquellos días tan difíciles. O tal vez ambas cosas. Pero eso era todo.

En aquel momento, tenía el aspecto de un leñador muy sexy. Había puesto el árbol sobre el capó y lo estaba asegurando con cuerdas.

Se acercó a él y deslizó el brazo por su cintura, sintiendo la tensión de sus músculos mientras se movía.

–Eres mi héroe –dijo medio en broma.

J.B. dio un paso atrás y se limpió la frente de resina.

–Me debes una y pienso cobrármelo más tarde.

Su sonrisa pícara la hizo estremecerse.

–El árbol fue idea tuya –observó, apoyándose en él e inhalando su aroma masculino–. Yo me he dejado llevar.

–Muy lista.

La besó en la nariz y luego encontró sus labios. El segundo beso empezó como un roce y se tornó apasionado al cabo de unos segundos.

Mazie arqueó el cuello y le devolvió el beso.

—Me vuelves loca —murmuró.

—El sentimiento es mutuo —dijo acorralándola contra el coche—. Hacía mucho tiempo que no sentía algo así por nadie. Haces que me sienta como un adolescente otra vez.

—No —gruñó rodeándolo por el cuello—. Yo quiero al J.B. que conoce los secretos más picantes de las mujeres.

Él se apartó y la miró muy serio.

—No conozco tus secretos, Mazie.

—No tengo nada que ocultar.

Era una mentira fácil e inquietante.

J.B. respiró hondo y miró a su alrededor.

—Todavía tenemos que comprar algo para decorarlo —murmuró.

—Vamos.

Se acercaron a un centro comercial y se hicieron con un buen montón de adornos. Cuando la cajera les dijo el total, J.B. sacó su tarjeta de crédito platino y sonrió a la mujer, que se sonrojó a pesar de que podía ser su abuela.

Mazie puso los ojos en blanco. Aquel hombre no podía evitarlo. Había algo muy atrayente en su masculinidad.

De vuelta al coche, Mazie bostezó.

—Supongo que ya es tarde para ponerse a decorar.

—Espero que eso signifique lo que creo.

Mazie se recostó en el asiento. La respiración se le aceleró.

—Podrías convencerme.

—Ni hablar. Estás de huésped en mi casa. Necesito una invitación clara e inequívoca.

Aunque su tono era burlón, lo que decía tenía sentido. Sería una cobardía por parte de Mazie mostrarse reticente cuando la verdad era que lo deseaba tanto como él a ella.

Deslizó la mano por el asiento de cuero y la colocó sobre su muslo, sintiendo la tensión de sus músculos bajo el pantalón.

—Quiero acostarme contigo, J.B. En la cama, en una silla o incluso en tu elegante cocina —dijo y suspiró—. Eres un hombre muy atractivo y me apetece darme el gusto.

Él la miró de reojo.

—Parece como si fueras a saltarte la dieta. ¿Tanto mal crees te hago?

Mazie fingió reflexionar.

—Déjame pensar. Un soltero alérgico a los compromisos, una relación que me hará daño a mí y otras personas cuando acabe… Creo que no eres la elección más sensata, pero no voy a salir corriendo. Eres lo que quiero por Navidad.

Aparcaron en el estrecho camino de acceso de su casa. Después de un largo y tenso silencio, le entregó las llaves.

—Vete abriendo la puerta. Meteré el árbol.

Hizo lo que le había pedido y se quedó a un lado mientras metía el abeto en la casa. El vestíbulo enseguida se inundó de su olor. Lo desembalaron y se las arreglaron para colocarlo sobre el soporte que habían comprado. De repente, Mazie se dio cuenta de que debía ser ella la que tomara la iniciativa. J.B. estaba empeñado en regalarle unas Navidades como las que había conocido de niña. No pararía hasta que el árbol estuviera decorado con adornos y luces.

J.B. se sacudió las manos después de llevar el abeto hasta un rincón. Mazie se acercó a él y apoyó la cabeza en su hombro.

–Lo digo en serio, no me apetece decorar el árbol ahora.

–¿Estás segura?

–Prefiero decorarte a ti. Tal vez con nata montada, un poco de chocolate… ¿Qué me dices?

–No juegues conmigo.

Lo había deseado desde siempre, pero durante años había tenido miedo de admitir aquellos sentimientos y de luchar por lo que quería. A pesar de los riesgos, estaba totalmente segura del paso que iba a dar. Las secuelas de aquel experimento iban a ser un desastre, pero eso formaba parte del futuro. De momento, lo deseaba tanto que le costaba respirar.

–No estoy jugando –susurró–, pero creo que antes me vendría bien una ducha.

J.B. la tomó de la mano y la guio escalera arriba.

–Nos ducharemos juntos y ahorraremos tiempo.

–No sé si tengo las piernas depiladas.

–No importa.

Su desesperación le habría resultado halagadora si no hubiera tenido tanto miedo de mostrarle lo que sentía. Quería que aquello fuera algo casual y físico, sin implicaciones emocionales, pero le resultaba muy difícil.

En el cuarto de baño, la soltó el tiempo suficiente para dejar correr el grifo y ajustar la temperatura del agua. Cuando se dio media vuelta, Mazie estaba desnuda de cintura para arriba.

–Me estás sacando ventaja.

–Pues date prisa –dijo y le sacó la camisa por la cabeza.

Luego, le besó los pezones. Se los chupó y J.B. emitió un gemido de placer. Sus pantalones de correr eran de nailon fino y no ocultaban su erección.

Sin mediar palabra, se quitaron el resto de la ropa. Mazie se mostraba tímida, pero no reticente. La mirada de J.B. hacía que una mujer se sintiera invencible.

Una vez desnudos, la tomó de la mano y se la besó.

—Después de ti.

J.B. Se metió bajo la ducha con ella. Aunque era una ducha amplia, era un hombre corpulento y ocupaba mucho espacio. Mazie retrocedió hasta un rincón, con el corazón latiéndole desbocado.

—Date la vuelta —dijo ella—. Te enjabonaré la espalda.

Lo que fuera necesario para evitar su atenta mirada. Cuando se volvió, respiró aliviada.

Con manos temblorosas tomó la esponja y la llenó de jabón. Luego empezó a frotarlo por el cuello y los hombros, y fue bajando por su espalda hasta su cintura. J.B. gimió como si lo estuviera torturando. A continuación se arrodilló y continuó enjabonándolo por las piernas. Incluso sus pies resultaban sexis.

Había llegado el momento de que J.B. se diera la vuelta y se sintió al borde de perder la calma. Se puso de pie y apoyó las manos en sus hombros.

—Ya he terminado.

Él se volvió lentamente y se quedó mirándola. El deseo de sus ojos hizo que el estómago se le hiciera un nudo.

—¿No vas a lavarme lo que te queda? —preguntó con una sonrisa pícara.

—Creo que puedes arreglártelas muy bien tú solo.

—Entonces, deja que te enjabone la espalda.

La tomó por los hombros y la obligó a volverse. Al sentir su roce, las piernas empezaron a temblarle, especialmente cada vez que aquella parte de él chocaba con sus glúteos.

J.B. puso mucho interés en lavarla de pies a cabeza, poniendo especial interés en su trasero. Cuando acabó de enjabonárselo, dirigió su erección hacia su pubis y lentamente la masajeó con su sexo.

Apenas habían empezado y ya se estaba viniendo abajo.

—¿J.B.?

—¿Sí? —dijo después de besarla en el cuello.

—Estamos desperdiciando mucha agua. No me parece bien.

Sin previo aviso, la tomó en brazos desde atrás.

—Déjame que termine esta parte antes de salir.

Dejó la esponja y empezó a acariciarle los pechos con las manos llenas de jabón. Mazie echó la cabeza hacia atrás y la apoyó en su hombro.

—Creo que mis pechos no están tan sucios —observó entre jadeos, controlándose para no pedirle que la tomara allí mismo.

—Tal vez no —dijo acariciándole los pezones—. Son muy bonitos cuando están mojados y resbaladizos.

Otra parte de ella también estaba mojada y resbaladiza, pero no le parecía bien decirlo en aquel momento a la vista del esmero que estaba poniendo para dejarla limpia. El movimiento de sus manos era firme y suave. Si seguía así, iba a derretirse.

Cuando el agua empezó a salir fría, Mazie decidió que había llegado el momento de continuar aquel encuentro en un lugar menos húmedo y más horizontal. Después de todo, no quería ser la responsable de que alguno de los dos se rompiera la cabeza en la ducha.

–Vámonos a la cama –le rogó–. El agua está helada.

J.B. cerró el grifo y tomó un par de toallas.

–Tienes los labios morados. Tendré que calentártelos.

Mazie se secó con la toalla y tomó el albornoz que había detrás de la puerta.

–Te espero en la cama. Y no te olvides de traer preservativos.

La siguió, deteniéndose para sacar algo de un armario del cuarto de baño.

Mazie se metió entre las sábanas y dejó caer la toalla al suelo. En vez de unirse a ella inmediatamente, se quedó allí de pie con las manos en las caderas, mirándola.

–Pensaba que te darías más prisa –dijo ella tapándose hasta la barbilla.

Aquella parte de él que se alzaba firme y orgullosa no parecía estar de acuerdo en esperar.

–Estoy disfrutando de los preliminares –dijo con voz sexy–. Me gusta verte en mi cama. Estoy guardando este instante para la posteridad.

Se sorprendió al oír aquel comentario tan romántico, y no porque lo dijera de broma sino por la sinceridad que denotaban sus palabras.

–Quiero que vengas aquí conmigo –le suplicó Mazie–. Necesito que me des calor.

–Lo que necesites –dijo quitándose la toalla de las caderas.

Cuando se metió bajo las sábanas, algo dentro de ella suspiró de satisfacción. Al acariciarle el costado, las dudas la asaltaron. Se sentía insegura acerca del futuro.

¿Qué esperaba J.B. de ella? ¿Sería aquello algo más que una aventura para él?

–Gracias por el árbol de Navidad.

Él se volvió de lado para mirarla y apoyó la cabeza en la mano.

–Me alegro de que hayamos dejado la decoración para otro momento.

A pesar de sus esfuerzos, no pudo disimular por más tiempo su inseguridad.

–¿Qué es esto que hay entre nosotros, J.B.?

Su gesto de desaprobación era la prueba de que había cruzado una frontera invisible.

–¿Tienes que preguntar eso ahora? ¿Por qué no disfrutamos del momento?

–Por supuesto –asintió ella, tratando de superar su decepción.

Sintió una punzada de dolor en el pecho, pero la ignoró.

J.B. no era hombre de relaciones duraderas. Lo había sabido desde el mismo momento en que se había metido en su cama. Disfrutaría de aquella aventura y de la magia de las Navidades. La realidad era algo que podía esperar hasta los días fríos y sombríos del mes de enero.

–Hazme el amor –le susurró.

Sus palabras lo animaron. Se inclinó sobre ella y comenzó a chuparle los pechos a la vez que deslizaba una mano entre sus muslos. Cuando la penetró con un dedo, ella dejó escapar un grito. Todo su cuerpo estaba tenso por la excitación.

–Te deseo locamente, Mazie Jane –afirmó con el rostro encendido–. ¿A qué crees que se debe?

–Tal vez a que estás harto de que las mujeres nunca se te resistan.

Él ahogó una carcajada, como si su franqueza lo hubiera sorprendido.

–Eres impredecible. He estado con mujeres mucho más fáciles.

Cuando rozó su erección, le apartó la mano.

–La próxima vez, cariño. Estoy demasiado excitado para caricias –dijo y se puso el preservativo antes de colocarse sobre ella y acercar el miembro a su sexo–. Levanta los brazos –le ordenó–. Agárrate al cabecero.

Ella obedeció y se aferró a las barras de hierro.

J.B. la penetró lentamente. La sensación era indescriptible. Lo oyó renegar, como si a él también le sorprendiera lo bien que encajaban sus cuerpos.

–Abre los ojos, preciosa. No te escondas de mí.

Lo intentó. Aquella intimidad le resultaba dolorosa. La expresión de J.B. era indescifrable.

Ella, por su parte, se sentía desprotegida. Seguramente podía ver todo lo que llevaba tanto tiempo escondiendo. No estaba inmovilizada, así que podía haberlo tocado si hubiera querido.

Aun así, no se movió. Contuvo el aliento y su cuerpo se tensó contra él, entregándose a cada embestida, a todas aquellas emociones que despertaba en ella.

–J.B. –gritó sintiendo que llegaba a la cúspide.

–Córrete para mí, Mazie –susurró con el rostro hundido en su cuello.

Lo rodeó con los brazos, arqueó la espalda y obedeció.

Capítulo Dieciséis

Mazie nunca había dormido con un hombre. Acurrucada a su lado y dejándose llevar por la modorra, estaba disfrutando de la sensación más maravillosa del mundo.

Cuando se despertó a la mañana siguiente, algo había cambiado. Tal vez no en él, pero sí en ella. Por muy absurdo o autodestructivo que le pareciera, tenía que admitir la verdad: se había enamorado de J.B.

Tampoco había sido tan difícil. En lo más hondo del corazón de una joven de dieciséis años, sus sentimientos por él habían perdurado con tanta intensidad como la imagen de su madre abandonando su casa cuando tenía doce. Aquellos acontecimientos traumáticos eran imposibles de olvidar, pero había aprendido a enterrarlos. Había cubierto de animosidad su atracción por él, fingiendo que no era nada para ella. Le había funcionado durante años, pero ya no. ¿Qué iba a hacer? ¿Durante cuánto tiempo soportaría permanecer en su órbita sin liberarse?

La cama estaba cálida y el imponente cuerpo de J.B. le daba calor. De repente se movió y esbozó una sonrisa adormilada.

–Hola, preciosa.

–¿No deberías irte a trabajar? –preguntó tomándolo por la barbilla.

J.B. bostezó y miró la hora en la mesilla.

–Lo tengo todo resuelto.

–¿Qué significa eso?

–¿No cierras tu tienda los lunes?

Le sorprendió que lo supiera.

–Sí.

La besó en la nariz.

–Quiero pasar el día contigo. Mi socio se ocupará de cualquier imprevisto. Además, es casi Navidad y apenas hay movimiento.

No entendía por qué no mencionaba la animosidad de tantos años o el gran proyecto para el que necesitaba hacerse con su local. Después del infarto de su madre, parecía haber desistido de todo aquello. Hasta hacía apenas dos semanas, la habían estado llamando de la agencia inmobiliaria cada tres o cuatro días. Últimamente nada.

¿Estaría J.B. jugando con ella? ¿Pensaría que accedería si la envolvía en palabras románticas y sábanas cálidas?

Una vez más, estaba segura de que sentía algo por ella. Cuando el J.B. adolescente le había dejado entrever su pasión, había sido tan ingenua como para pensar que aquello conduciría a algo más, a una relación, a un futuro juntos. Pero había sufrido un desengaño.

¿Se estaba exponiendo a que le rompiera el corazón por segunda vez? ¿Era capaz de amar? ¿Quería algo más de ella, aparte de su cuerpo y su local?

Quería tomarse las cosas como vinieran y disfrutar del momento. Por desgracia, nunca había sido la clase de mujer que disfrutara del sexo porque sí.

–¿Qué tienes pensado? –preguntó, acurrucándose contra él.

J.B. tenía los ojos entornados y el pelo revuelto. Sin sus elegantes trajes y su porte de millonario, parecía mucho más peligroso.

–Pensaba que podíamos decorar el árbol después de desayunar. Más tarde podemos ir al hospital.

–Me gusta la idea.

–Pero antes… –dijo y tomó un envoltorio de la mesilla–, quiero jugar un rato –añadió y la besó.

Después de los excesos de la noche anterior, debían de haber pasado la mañana descansando. En vez de eso, parecía como si el mundo se estuviera acabando y fuera su última oportunidad de encontrar pareja.

J.B. la acarició por todas partes, susurrando su nombre y agasajándola con toda clase de palabras cariñosas y halagos. Su primer orgasmo la dejó temblando. Antes de que pudiera recuperar el aliento, volvió a estimularla mordisqueándole los pezones y besándola más abajo del ombligo. Luego la penetró con fuertes embestidas.

Cuando Mazie se corrió por segunda vez, lo hizo con ella ahogando un grito en su cuello. Después, lo abrazó con sus piernas por la cintura y lo estrechó con fuerza. Tenía los ojos húmedos.

Volvieron a dormirse y cuando se despertó de nuevo, el estómago le rugió.

–Tengo hambre –le dijo, sacudiéndole el hombro.

J.B. se levantó de la cama y se fue al baño, mostrándole una interesante vista de su belleza masculina.

–Eres muy exigente.

Lo oyó reír, incluso después de cerrar la puerta.

Mientras J.B. se vestía, ella se dio una ducha rápida y fue al cuarto de invitados para buscar su mochila y ponerse ropa limpia. Parecía que iban a pasar un día tranquilo y eso le agradaba.

Su olfato la llevó hasta la cocina, donde encontró a J.B. haciendo huevos y beicon.

–¿Quieres que haga unas tostadas? –preguntó ella, apoyando la mejilla en su brazo.

–La mantequilla está en la encimera que tengo detrás. En la despensa hay pan. El café está preparado, por si te apetece.

Aquella escena hogareña resultaba falsa. J.B. Vaughan no era un hombre casero. Mazie evitó calcular el número de mujeres que habrían presenciado aquella misma escena en su cocina.

Mientras J.B. hacía los huevos revueltos, ella tostó el pan y puso una rebanada en sendos platos.

J.B. devoró la comida como si estuviera muerto de hambre, lo cual no era de extrañar. La cena había sido ligera y habían consumido mucha energía durante la noche. Además, era casi mediodía.

Mazie alargó el brazo sobre la mesa y le limpió una mancha de mermelada de la barbilla.

–¿Qué tal se te da poner las luces en el árbol?

Quería disfrutar de un día relajado y había decidido evitar preguntas personales que pudieran incomodarlos.

J.B. se acabó el último bocado y se recostó en su silla.

–No tengo ni idea, pero lo descubriremos.

J.B. estaba en apuros y lo sabía. Por un lado, quería que Mazie saliera de su casa y de su cama.

Empezaba a sentir que aquel era su sitio y eso no podía ser posible.

Le gustaba, pero ya había pasado por un matrimonio y la experiencia no había sido buena, así que tenía que poner fin a aquella representación.

Según fue avanzando la mañana, estuvo observándola, buscando alguna señal de que creyera que aquello podía llevarles a algo más. Aparte de la pregunta que le había hecho la noche anterior, no había insistido para encontrar respuestas. Tal vez porque la había hecho callar.

Se sentía mal por ello.

Cuando terminaron el árbol, el salón estaba hecho un desastre.

—Fíjate, J.B. Ha quedado perfecto —dijo abrazándolo—. Estoy deseando que se haga de noche para verlo.

Su entusiasmo era contagioso. Se sentía orgulloso de haberle podido dar algo tan simple y a la vez tan significativo. Mazie era una mujer segura de sí misma, feliz y exitosa, pero en su interior seguía siendo aquella niña que había perdido a su madre y que había pasado muchas Navidades dependiendo de otros para celebrarlas.

Malditos Jonathan y Hartley por no darse cuenta. Tal vez estaban igualmente afectados o tenían otros intereses. Eran las mujeres las que daban calidez a aquellas celebraciones y convertirlas en memorables.

—Yo también estoy deseando que se haga de noche —replicó.

Mazie se dirigió a la escalera.

—Tenemos que irnos al hospital. Habíamos prometido estar allí a la una.

La siguió y descubrió que se había llevado sus cosas al cuarto de invitados para prepararse. Pero ¿por qué? Aquello no le gustaba. Sentía que estaba perdiendo el control. Nada tenía sentido.

En el hospital, las noticias no eran tan buenas como esperaban. Su madre estaba pálida y desganada. Según el médico, tenía una infección y le estaban administrando antibióticos.

Solo Leila estaba allí. Su hermana salió al pasillo para hablar con ellos.

—No sé qué ha pasado por la noche, pero cuando llegué esta mañana me la encontré así. Papá está destrozado y le he obligado a irse a casa a dormir. Alana está con él.

J.B. abrazó a su hermana.

—Vete tú también. Mazie y yo podemos quedarnos el tiempo que haga falta.

La tarde fue pasando lentamente. Su madre alternó ratos de sueño y vigilia, sin apenas hablar. Mazie se sentó a su lado y le dio la mano.

J.B. no dejaba de dar vueltas por la habitación. En un momento dado, mientras su madre dormía, llevó a Mazie al rincón más apartado.

—Creo que deberíamos hacer algo.

—En los hospitales no se hace otra cosa más que esperar. Antes o después las medicinas harán efecto. No está empeorando.

—Odio sentirme tan impotente —afirmó J.B. llevándose la mano a la frente.

—Pase lo que pase, sabe que la quieres mucho. Eso es lo importante —dijo ella abrazándolo.

Se le heló la sangre. Mazie acababa de decir en voz alta lo que a todos se les había pasado por la cabeza. Jane Vaughan podía no salir de aquella. El

165

corazón le latió con fuerza y las rodillas se le aflojaron. Quería mucho a su madre.

Por primera vez entendía lo que Mazie debía de haber sufrido cuando se llevaron a su madre.

–Lo siento –dijo tomándola de los hombros.

–¿Qué sientes?

–No haberme dado cuenta de lo mucho que debiste sufrir cuando se llevaron a tu madre a cientos de kilómetros.

Mazie palideció.

–Ni siquiera sabe quién soy.

–Así que te sientes mal si no vas e incluso peor si vas, ¿no? Y eso es lo malo, quieres creer que será diferente cada vez que vas, pero nunca es así.

Ella asintió lentamente. Unas lágrimas inundaron sus ojos y empezaron a rodar por sus mejillas.

La abrazó y sintió que su corazón se expandía con una emoción que lo confundía. Teniéndola tan cerca, la llama de la excitación se encendió, pero no era solo eso. Quería protegerla, hacerla feliz y darle la familia que siempre había querido.

Antes de que pudiera contárselo, Mazie se libró de sus brazos.

–Discúlpame –murmuró–. Ahora vuelvo.

Cuando se volvió, su madre tenía los ojos abiertos.

–¿La amas, verdad, hijo?

Fue a negarlo, pero en el último momento se acordó de la farsa del compromiso.

–Por supuesto, mamá –respondió, acercando una silla a la cama–. ¿Cómo te sientes?

–Cansada, pero feliz de estar viva.

–No quiero que te falte nada. ¿Quieres que vaya a buscarte una hamburguesa? ¿Poco hecha y con cebolla?

Aquella broma hizo que su madre sonriera.

—Lo harías, ¿verdad?

—Sí si me lo pidieras. Te quiero, mamá.

El corazón se le salía del pecho. Entre el miedo por su madre y la atracción por Mazie se estaba convirtiendo en alguien que no conocía.

Su madre le puso la mano en la cabeza.

—No tienes que preocuparte por mí, J.B. Voy a vivir para conocer a todos esos nietos que vas a darme.

Un sentimiento de culpabilidad lo invadió. No podía contarle la verdad.

Mazie regresó en aquel momento. En la mano llevaba un florero con rosas de color rosa.

—Alana me contó que eran tus favoritas.

—Gracias, querida, son preciosas. Déjalas ahí donde pueda verlas.

J.B. se puso de pie.

—Voy a por un café.

Sentía que se ahogaba. Le gustaba Mazie, pero viéndola interactuar con su madre veía esa familiaridad que tanto se estaba esforzando en evitar.

Después de aquel lunes, establecieron una rutina. Apenas quedaba una semana para Navidad. J.B. y Mazie iban a trabajar cada mañana y las tardes las pasaba cuidando de la familia. Por la noche, hacían el amor bajo el gran árbol de Navidad.

Mazie nunca había sido tan feliz. Aun así, no podía quitarse de la cabeza que cuanto más tiempo se quedara, más difícil le resultaría salir de aquella relación.

***

El veintidós de diciembre empezó como un día normal. Nada indicaba que su burbuja de felicidad estaba a punto de estallar.

Esa mañana estaba lloviendo. Cuando se fue a trabajar, J.B. se despidió de ella con un beso. Llevaba una gabardina negra con capucha que pensó que sería suficiente para no mojarse. Al salir, la lluvia fina había pasado a ser un chaparrón, así que, a pesar de que se le había hecho tarde, volvió dentro a por un paraguas.

—Creo que no tenemos nada de qué preocuparnos. Está comiendo de mi mano, no habrá ningún problema.

Toda la sangre se le bajó a los pies. Aturdida, tomó el paraguas, salió de la casa y echó a correr.

Su destino no estaba lejos. Aparcó y se quedó agarrada al volante. La mente se le quedó en blanco unos segundos y después sintió pánico y dolor. No era posible que J.B. la hubiera llevado a vivir a su casa y se hubiera acostado con ella solo para que le diera aquel maldito edificio.

Había dado por sentado que era porque sus sentimientos hacia ella estaban cambiando, que tal vez empezaba a asumir la conexión que había entre ellos.

Mazie no podía soportarlo. ¿Por qué no conseguía retener a su lado a aquellos que la importaban? ¿Qué había de malo en ella?

Capítulo Diecisiete

Aguantó como pudo el día.

Gina la había mirado extrañada varias veces, pero habían estado demasiado ocupadas con los clientes y no habían podido hablar. Solo quedaban dos días para el día de Navidad y la tienda era un continuo trajín. Las joyas habían volado como todo lo demás en su vida: su compromiso, su amante sin escrúpulos, incluso su sonrisa. Por dentro no era más que una niña llorando en mitad de la acera porque todo lo que quería le había sido arrebatado.

Por fin, aquel día interminable llegó a su fin. Tenía que encontrar la manera de salir de casa de J.B., pero antes tenía que ir al hospital. Jane estaba mucho mejor, pero todavía no estaba fuera de peligro.

Sabía que J.B. iba a trabajar hasta tarde, así que no iba a tener que verlo. Al menos, eso esperaba.

Alana y Leila estaban con su madre. El señor Vaughan se había ido a dormir una siesta, pero no tardaría en volver.

Las tres mujeres la saludaron cordialmente. Mazie colgó el bolso en una silla y se limpió las manos con un desinfectante.

—¿Qué tal está la enferma hoy?

—Si estas dos dejaran de preocuparse —contestó Jane señalando a sus hijas—, estaríamos mejor.

Aun así, la madre de J.B. no tenía buen aspecto. Se la veía pálida y frágil.

—No estás tan bien como crees, mamá –intervino Alana.

—Tonterías. Pasaré la Navidad en casa, ya lo veréis.

Leila hizo una mueca y Mazie sonrió. Jane no era una mala enferma, pero tenía su carácter.

Inesperadamente, Leila abrazó a Mazie.

—Has sido muy cariñosa con nuestra madre. Ya nos ha contado que en verdad no estás comprometida con mi hermano. Has hecho mucho por ella. Gracias, Mazie.

Alana también le dio un abrazo.

—Me he llevado un disgusto. Creo que a J.B. le vendría muy bien alguien como tú en su vida, pero es un cabezota.

—Nadie lo sabe mejor que yo.

Se le hizo un nudo en la garganta. Aunque las Vaughan no lo sabían, aquella era una visita de despedida. Había accedido a tomar parte de aquella farsa cuando pensaba que estaba surgiendo algo entre ellos, cuando había confiado en él. Había llegado ya el momento de dejarlo.

De pronto se abrió la puerta y J.B. irrumpió en la habitación. Mazie se quedó al otro lado de la cama y trató de ignorar su presencia. No le resultó difícil. Después de charlar con sus hermanas, se sentó en la cama a hablar con su madre.

De repente todas las alarmas de la habitación empezaron a sonar. Jane cerró los ojos y su respiración se tornó agitada. Enseguida entraron en la habitación tres enfermeras corriendo y rodearon la cama.

Los tres hermanos se abrazaron asustados. Mazie se quedó en un rincón, apartada. J.B. tenía la mirada perdida, como si no pudiera creer lo que estaba pasando, y clavó los ojos en ella.

—Acércate donde pueda oírte —le rogó J.B.—. Dile que resista.

No supo si se lo pedía por él o por su madre o por ambos. Pero estaba dispuesta a hacer lo que le pedía porque lo amaba desesperadamente.

Antes de que Mazie se moviera, Leila, con lágrimas cayéndole por las mejillas, le dio una palmada a su hermano en el brazo.

—Deja de fingir, J.B. Mamá sabe que el compromiso es mentira.

Se quedó boquiabierto y lanzó una mirada gélida a Mazie.

—¿Tú se lo has dicho?

—Bueno, yo…

—Ya hablaremos de esto más tarde.

Un doctor apareció.

—Necesito que salgan todos de la habitación.

Mientras el equipo médico se hacía cargo de la situación, fueron desalojados de la habitación.

J.B. la tomó del brazo e hizo un aparte con ella. Estaba furioso y la sujetaba con fuerza.

—Vete a casa, ahora tengo que ocuparme de mi familia. Es lo único que me importa.

Aquella insinuación le resultaba dolorosa. La estaba culpando.

No era momento para exonerar su culpa. Además, ¿para qué? No importaba lo que pensara de ella. Su relación, si así podía llamarse, había acabado. Esta vez el dolor de su rechazo era más devastador de lo que había imaginado.

A trompicones, llegó al aparcamiento y se metió en el coche. Condujo hasta la casa de J.B. e introdujo el código de la alarma para abrir la puerta. Con el estómago encogido, recogió todas sus cosas, la mayoría del dormitorio principal y algunas del cuarto de invitados.

Su aventura navideña no había durado mucho.

De vuelta abajo, entró en el salón y encendió las luces del árbol. Las lágrimas empezaron a rodar. Había apostado fuerte y había perdido. La había utilizado para conseguir lo que quería.

Cuando se tranquilizó, se subió al coche y se fue a su casa. Durante la última semana, Jonathan había estado trabajando sin parar, anticipándose a su marcha, y se estaba quedando hasta tarde en la oficina. Su padre estaba distraído con los preparativos del viaje y se iría por la mañana. Hacía meses que no lo veía tan animado.

Mazie cenó con su padre y después lo ayudó a hacer la maleta. Mientras doblaba una camisa, le hizo la pregunta que llevaba años queriéndole hacer y que nunca se había atrevido.

—Papá, ¿por qué nunca vas a ver a mamá? ¿Por qué la mandaste tan lejos?

Lentamente se volvió y se sentó en la cama. Se había quedado pálido.

—Llevaba tiempo esperando que alguno de vosotros hiciera esa pregunta.

—No quiero disgustarte, pero quiero saberlo.

Él se encogió de hombros y jugueteó con una hebra suelta del jersey.

—Después de uno de los brotes psicóticos de tu madre, la llevé a los mejores médicos del país. Tu madre era el amor de mi vida. Cuando la conocí era una joven encantadora y llena de energía. Después de casarnos descubrí sus demonios más oscuros.

—¿Y nada sirvió?

—No. Estuvimos años de diagnósticos y tratamientos. Durante una época pareció mejorar, pero entonces su padre asesinó a su madre y se quitó la vida, y no pudo soportarlo.

—Siempre nos has contado que los abuelos murieron en un accidente de coche.

—No quería asustaros. Y respecto a tu madre… —dijo y se quedó con la mirada perdida—. No soportaba la idea de que pudiera quitarse la vida. La clínica de Vermont es uno de los mejores centros asistenciales del mundo. Cuando tu madre ingresó, ya no me conocía.

—Cuánto lo siento.

—Pasamos unos ocho o nueve años juntos. Le aconsejaron que no tuviera hijos, pero ella siempre deseó tener una familia. Siempre recé para que todos salierais bien. Se olvidaba de tomar la píldora anticonceptiva y, cada vez que se quedó embarazada, se negaba a tomar las medicinas que controlaban su dolencia. Antes de que cumplieras diez años, las cosas se complicaron.

—Me acuerdo.

—La gota que colmó el vaso llegó el día que me la encontré jugando con cuchillos en la cocina. Tenía cortes en los dedos y me dijo que había sido un accidente, pero me di cuenta de que el final estaba cerca. Poco tiempo después, se despertó en mitad de la noche convenida de que yo era un ladrón que quería estrangularla —se detuvo y tomó aire antes de continuar—. Hice que una docena de médicos vinieran a casa. Todos dijeron lo mismo. Estaba a punto de perder la cabeza y si hubiera pasado estando sola con vosotros, os hubiera podido hacer daño.

—Así que la mandaste lejos.

—Así es. La echaba tanto de menos que pensé que se me rompería el corazón. Pero tenía que protegeros a ti y a tus hermanos.

Mazie se acercó a él y lo abrazó.

—Gracias por contármelo.

—Debería haberlo hecho hace mucho, pero me costaba afrontarlo. Era incapaz de hablar de ello.

Su padre estaba temblando. Una sensación de culpabilidad la invadió por obligarle a recordar aquello, pero se alegraba de haber descubierto la verdad.

—Eres un buen hombre y un buen padre. Me alegro de que te vayas de viaje con tus amigos.

—Siento no estar aquí en Navidad.

—No te preocupes. Gina me ha invitado a pasar el día con su familia.

Esa parte era cierta, pero no quería decirle que había rechazado su invitación.

Esa noche durmió a ratos. Alana y Leila estuvieron respondiendo sus mensajes. Jane Vaughan tenía una embolia pulmonar. Era algo serio, probablemente consecuencia de la operación. Pero la habían puesto un tratamiento y estaba bajo observación.

Mazie les pidió que no le contaran a su hermano que había hablado con ellas. No iba a haber celebraciones navideñas en el hogar de los Vaughan. Si Jane conseguía estar estable, tal vez le permitieran abandonar el hospital unas horas para reunirse con su familia en casa de J.B.

El día veintitrés, Mazie trabajó todo el día y luego llevó a su padre y a su hermano al aeropuerto. Sus aviones salían con una hora de diferencia, Jonathan hacia Arizona y su padre hacia Fort Lauderdale. Con un poco de suerte, encontraría alivio a sus recurrentes dolores de cabeza.

Esa noche, en su casa vacía, se sintió como un fantasma, un espíritu, una mujer que no era real. Durmió en el sofá unas horas y, cuando se despertó, se duchó y se fue a trabajar.

La Nochebuena siempre había sido su día favorito del año. Sin embargo esta vez, no dejó de mirar la hora, deseando que llegara la noche para meterse en la cama.

Sus dotes interpretativas eran sublimes. Cuando Gina volvió a insistir para que pasara el día de Navidad con ella, Mazie declinó la invitación con una sonrisa. Su amiga dio por sentado que iba a pasarlo con J.B., y no quiso aclarárselo.

El día veinticuatro, All That Glitters cerró a las cuatro. Mazie hizo un regalo a cada una de sus empleadas y les dio un emotivo discurso antes de irse.

Una vez hecho el inventario, cerró la tienda y puso la alarma antes de marcharse a casa. Tenía que superar las siguientes treinta y seis horas y, después, ya encontraría la manera de salir adelante. Tal vez podía irse a vivir a Savannah y abrir una sucursal de su joyería. Así escaparía de la influencia de J.B. y evitaría encontrarse con él, pero seguiría estando cerca de su familia.

Tal vez pudieran contratar a alguien para ocuparse de su padre. Ya no podía seguir en Charleston más tiempo. Tenía que cambiar su vida.

Las largas horas de Nochebuena parecían estarse burlando de sus sueños. De adolescente, se había imaginado que a esas alturas estaría casada y con hijos. Su profesión siempre había sido importante, pero no tanto como forjarse un futuro con gente amada con la que compartir momentos especiales.

Se sentó frente a la televisión y estuvo viendo películas clásicas. Cuando se cansó, salió a pasear por la playa. Desde la orilla, pudo ver a través de las ventanas de otras casas familias comiendo, riendo y disfrutando en su interior.

Nunca se había sentido tan sola.

El día de Navidad amaneció soleado y templado, como solía ser habitual en Charleston. Nada más despertarse, le asaltaron los recuerdos, empezando por la expresión de J.B. cuando habían salido de la habitación de su madre en el hospital. Se le encogía el alma.

Sabía lo que tenía que hacer para poner fin a aquel doloroso episodio de su vida. Tal vez había encontrado la solución en sus sueños.

Se duchó y se vistió con unos pantalones elásticos y una camiseta de manga larga. Luego, abrió la caja fuerte del despacho de su padre y se puso a revisar un montón de documentos. Después de encontrar el que buscaba, lo metió en un sobre marrón y buscó en internet una empresa de mensajería.

En breve, no tendría que volver a ver a J.B. nunca más.

Capítulo Dieciocho

J.B. se sentía como si estuviera en el infierno. Además, parecía estar teniendo un trastorno de personalidad. Por suerte, su madre se había recuperado lo suficiente como para que el médico le permitiera pasar unas horas fuera del hospital el día de Navidad. La familia tenía instrucciones para regresar inmediatamente si se presentaban ciertos síntomas.

Jane Vaughan estaba feliz, rodeada de sus hijos y su marido. Alana y Leila habían preparado un delicioso banquete compuesto por pavo asado y una variedad de guarniciones.

Como J.B. no tenía una vajilla de porcelana, solo un puñado de platos, sus hermanas habían optado por servir la cena en platos desechables.

La comida fue excelente. J.B. se sentía aliviado de ver que su madre se encontraba mucho mejor. Su padre estaba muy contento de ver a su esposa tan recuperada, y Alana y Leila también estaban muy animadas.

La única espina que tenía clavada era la ausencia de Mazie. Había empezado a llamarla una docena de veces, pero seguía muy enfadado con ella por haberle revelado el secreto a su madre sin preguntarle. Además, en mitad de toda aquella situación, había llegado a convencerse de que era ella la culpable de la recaída de su madre.

Más tarde se había dado cuenta de la verdad. Había exagerado.

Le debía una disculpa, pero su enfado estaba justificado. No le correspondía a ella desvelar el secreto de su falso compromiso. Había actuado a sus espaldas y debía de ser por eso por lo que estaba enfadado, ¿no?

Quizá se sentía tan asolado porque, en medio de todo lo que había pasado, por fin se había dado cuenta de la verdad. No solo estaba locamente enamorado de Mazie, sino que estaba dispuesto a creer que aquella segunda oportunidad podía ser para siempre.

Las últimas tres noches sin ella habían sido interminables. Se había acostumbrado a dormirse a su lado. Siempre había trabajado mucho y le había costado relajarse. La presencia de Mazie en su vida le ayudaba a tranquilizarse.

¿Por qué había tenido que contarle a su madre que el compromiso no era real? ¿Qué ganaba con eso? Aquella decisión tan inesperada y arriesgada había supuesto para él una traición.

Después de la comida, sus padres se quedaron en el salón dormitando y J.B. empezó a recoger la mesa.

Laila lo besó en la mejilla.

–Te queremos mucho y te lo agradecemos, pero lo haremos más rápido sin ti. Relájate, vete a ver tu correo electrónico. Nosotras nos ocuparemos.

Se dirigió a la entrada de la casa, reacio a quedarse en el salón. Allí había demasiados recuerdos. Le dolía solo con ver el árbol que Mazie y él habían montado. Estaba deseando tirarlo.

Llamaron al timbre y se sobresaltó. Por un instante tuvo esperanzas. Pero era imposible que fuera Mazie. La había apartado de su lado de mala manera.

El joven que estaba en la puerta llevaba el uniforme de una conocida empresa de mensajería.

—Firme aquí, por favor —le dijo entregándole un sobre.

J.B. cerró la puerta y abrió el sobre. Al principio, no acababa de entender lo que tenía entre las manos. Era la escritura del edificio en el que estaba la joyería de Mazie. Se lo vendía.

Leila salió de la cocina secándose las manos en un paño.

—¿Qué es eso?

—No estoy seguro —respondió frunciendo el ceño—. Parece que Mazie ha accedido por fin a venderme su local para mi proyecto de rehabilitación.

—Eso es bueno, ¿no?

—Sí, pero…

—¿Pero qué?

—No sé por qué me lo vende ahora después de habérmelo puesto tan difícil. ¿Y por qué tuvo que contarle a mamá que no estábamos comprometidos sin decírmelo antes? La sorpresa podía haberla matado.

—Sigues enfadado.

—Por supuesto.

—Eres tonto y no conoces bien a Mazie. Ella no le dijo nada, fue mamá la que lo adivinó desde el primer día. Pero la has humillado delante de todos nosotros. Mal karma, hermanito.

Sintió que el corazón se le encogía. Había cometido una terrible equivocación.

—Tengo que hablar con ella —murmuró.

–Estamos a punto de abrir los regalos –dijo Alana–. Además, creo que no deberías ir a verla si no tienes las ideas claras. Le has hecho daño. Será mejor que decidas lo que quieres hacer o complicarás aún más las cosas.

J.B. aguantó una hora y media antes de poderlo soportar más.

Tenía que hablar con Mazie, ya no podía esperar. Necesitaba disculparse y decirle que la amaba.

Por suerte, su madre había decidido volver al hospital. El cardiólogo le había dicho que si todo seguía bien, le daría el alta el día veintisiete.

Cuando todos se hubieron marchado, J.B. tomó las llaves y condujo hasta la playa. El corazón le retumbaba dentro el pecho. ¿Querría hablar con él? la había tratado muy mal.

Al llegar a la mansión de los Tarleton se encontró la verja cerrada. Por suerte, se sabía el código de acceso. Jonathan se lo había dado unos meses antes, cuando toda la familia había estado de viaje para que fuera a echarle un vistazo a la casa.

Sintió alivio al ver que las puertas se abrían. Aunque había coches aparcados, no había señales de vida.

Respiró hondo y trató de controlar sus latidos desbocados. Subió corriendo los escalones de entrada, introdujo un segundo código y abrió la puerta.

–¿Mazie? ¿Jonathan?

Parecía que no había nadie en la casa. Recorrió la planta principal y no encontró señales de actividad alguna. Se detuvo junto al ventanal y miró

180

hacia el océano. Entonces la vio. Estaba paseando junto a la orilla, agachándose de vez en cuando para recoger alguna concha.

Se puso en marcha instintivamente. Salió por la parte de atrás de la casa, se quitó los zapatos y los calcetines, se subió los pantalones y salió por el portón, usando los códigos que ya se sabía.

Mazie estaba parada, oteando el horizonte, con los brazos en jarras. Se detuvo a unos metros para no asustarla.

—Mazie.

Ella se volvió, visiblemente sorprendida al verlo.

—Vete, J.B. Estoy en mi playa.

—Las playas no son privadas en Carolina del Sur —replicó—. Por favor, Mazie. Tengo que hablar contigo.

—¿No has recibido el sobre? Se ha acabado. Ya tienes lo que querías. Déjame en paz.

En aquel momento se le cayó la venda de los ojos. Si no hubiera sido tan idiota de joven, podía haber tenido a Mazie a su lado y en su cama desde hacía muchos años.

En vez de eso, había pasado por un matrimonio terrible que lo había dejado destrozado. Había acabado solo y convencido de que era eso lo que quería.

—No, no tengo lo que quiero —dijo y tragó saliva—. Te necesito, Mazie. Quiero que formes parte de mi vida. Siento haberte acusado de algo que no hiciste. Volví a rechazarte, solo que esta vez fue mucho peor. Alana me ha contado que no fuiste tú la que reveló nuestro secreto. Debería habérmelo imaginado.

—Acepto tus disculpas, pero respecto a lo otro, ya no estoy interesada. Ve y busca otra mujer.

–No puedo. Solo te quiero a ti.

–Ya no tienes que seguir con tu juego, J.B. –dijo con los ojos llenos de lágrimas–. Sé lo que pretendías y ya te lo he dado. Hemos acabado.

–¿Estás hablando del local? –preguntó confuso.

–Por supuesto. Te oí decir que me tenías comiendo de tu mano y que no habría ningún problema –contestó levantando el tono de voz–. No me quisiste cuando tenía dieciséis años y tampoco me quieres ahora. Me has estado usando y fui tan tonta como para dejarme engañar. Pero ya me he cansado.

Se quedó mirándolo fijamente. J.B. tragó saliva.

–Me malinterpretaste.

–Mentiroso.

–Quería salir contigo cuando tenías dieciséis años, te lo prometo. Me gustabas mucho. Pero tu hermano me dijo que acabaría conmigo si seguía adelante porque conocía mi reputación con las chicas. Así que renuncié a ti y no he dejado de lamentarlo desde entonces.

–Eso no es excusa para que hayas recurrido al sexo para convencerme de venderte el local. Te oí perfectamente, J.B. No vas a convencerme de lo contrario.

–Te quiero, Mazie, creo que de una manera u otra llevo haciéndolo toda la vida. Pero me casé y lo eché todo a perder, y después de aquello, estaba demasiado avergonzado para hablar contigo.

–No me amas. Te oí en el teléfono.

Le había hecho mucho daño. Había intentado evitar cometer otro error, pero lo único que había conseguido era que Mazie saliera más herida.

–Estaba hablando del alcalde con mi socio, no

de ti. He estado intentando convencerlo de que nos deje construir un parque. El ayuntamiento tiene una partida presupuestada para eso. Les hemos ofrecido financiar el proyecto a medias.

–¿Del alcalde?

–Sí, hablábamos del alcalde, no de ti –replicó–. Te adoro, Mazie y siento haber tardado tanto en darme cuenta. Si quieres una boda en junio, puedo pasar los próximos seis meses tratando de convencerte. Y si no lo vemos claro, podemos esperar un año o dos. Pero nada cambiará. Te quiero, Mazie Jane.

Se sentía aturdido y asustado. Nada en su vida había sido tan importante como aquello y había estado a punto de perderlo.

–Dilo otra vez –susurró.

–¿El qué, que te quiero?

–No, eso de que querías haberme llevado al baile cuando tenía dieciséis años.

–Cuando te hiciste mayor, algo que ocurrió de la noche a la mañana, fue como si me pegaran un puñetazo en el estómago. Siempre habías sido aquella niña despierta que iba a la zaga de tus hermanos y yo. De repente te convertiste en una princesa. Se me trababa la lengua hablando contigo.

–Pero dejaste que Jonathan te quitara la idea.

–Siendo justos con tu hermano, por aquella época yo era un imbécil. Probablemente lo mejor que hizo fue apartarme.

–Te adoraba por entonces.

–¿Y ahora? –preguntó asustado.

Mazie tardó en responder. Al cabo de unos segundos, le tendió la mano.

–Te quiero, Jackson Beauregard Vaughan. Creo

que te quiero desde entonces y, por muy embarazoso que me resulte reconocerlo, nunca he dejado de quererte.

J.B. cerró los ojos e inspiró profundamente sintiendo el calor del sol en la cara. Luego le dirigió una sonrisa y la atrajo entre sus brazos.

—Llevo toda la vida esperando este momento —dijo y la besó largamente—. ¿Por qué estás sola el día de Navidad?

—No estoy sola —respondió apoyando la cabeza en su hombro—. Te tengo a ti. Feliz Navidad, mi amor.

—Feliz Navidad, Mazie —replicó tomándola en brazos—. ¿De verdad no hay nadie en tu casa?

Ella le sonrió, su melena agitándose al viento.

—De verdad. ¿Quieres acompañarme a mi habitación y abrir tu regalo?

Él soltó una risotada, asustando a un trío de gaviotas.

—Claro que sí. Y para que lo sepas, las mentes brillantes piensan lo mismo. Iba a regalarte lo mismo.

Epílogo

Jonathan estaba en su lujosa habitación del centro de terapia de Arizona, leyendo un folleto sobre técnicas de meditación que supuestamente ayudaban a reducir los dolores de cabeza. Nada parecía estar funcionando, ni los costosos medicamentos, ni toda aquella palabrería *hippie*. Cada semana que pasaba aumentaba su temor a que el ADN de su madre desencadenara un cataclismo en el suyo, un trastorno mental que cambiara su vida o la destrozara completamente.

La intensidad de los dolores de cabeza lo asustaba más de lo que quería admitir. No quería acabar como su madre, sedada y desvalida en un centro perdido en el mapa.

La llamada que su hermana le había hecho hacía un rato lo había animado un poco. J.B. y Mazie estaban juntos. Era sorprendente, pero los dos parecían felices. Les había deseado lo mejor, aunque tenía que reconocer que se le hacía extraño. Lo más importante de todo era que J.B. cuidaría de Mazie, y eso era un alivio.

Al menos, uno de los miembros de la familia Tarleton encontraría la felicidad.

No te pierdas *Un contrato de seducción*,
de Janice Maynard,
el próximo libro de la serie
Secretos del Sur.
Aquí tienes un adelanto...

Tumor. Incurable. Cáncer.

Jonathan Tarleton apretaba con fuerza el volante y miraba sin ver por el parabrisas. El tráfico en la carretera 526 de circunvalación de Charleston era ligero a aquella hora del día. Aun así, no debería estar conduciendo. Seguía impactado y lo único que quería era llegar a casa. Como un animal herido en busca de su guarida, necesitaba esconderse y asumir lo inimaginable.

Por suerte, su hermana acababa de casarse y vivía con su marido, el mejor amigo de Jonathan. Si se hubiera dado de bruces con Mazie en la enorme casa de la playa, se habría dado cuenta al instante de que le pasaba algo. Los hermanos estaban muy apegados.

En circunstancias normales, ni Jonathan ni Mazie seguirían viviendo en la casa en la que se habían criado, pero su padre era viejo y estaba solo. Muchos de sus amigos se habían ido a vivir a residencias en las que estaban acompañados y atendidos, pero Gerald Tarleton se aferraba a aquella fortaleza que era su casa en una isla barrera.

Jonathan entró en el garaje y apoyó la frente en las manos. Se sentía débil, asustado y furioso. ¿Cómo demonios iba a sacar aquello adelante? Era el único que se ocupaba de la compañía familiar de transportes. Aunque el nombre de su padre todavía figuraba en el membrete, Jonathan era el único que se encargaba de aquel imperio.

Su hermano gemelo debería estar allí para ayudar, pero no se sabía nada del paradero de Hartley. Después de robar varios millones de dólares a la compañía, su padre lo había desheredado y apartado de sus vidas.

Su traición le había afectado mucho. Era un dolor interno que lo reconcomía de la misma manera que la enfermedad. Su padre y él eran los únicos que sabían lo que había pasado. No habían querido entristecer a Mazie ni alterar la opinión que tenía de su hermano.

Con mano temblorosa, Jonathan apagó el motor, y en cuanto el aire acondicionado dejó de funcionar, la humedad empezó a filtrarse en el coche. Los veranos en Carolina del Sur eran muy calurosos.

Recogió sus cosas y subió a la casa. Por razones de seguridad, los Tarleton tenían allí dos despachos con la tecnología más puntera, además de los que tenían en la sede de la compañía. No solo era una forma de garantizar la privacidad, sino también de que Jonathan mantuviera informado a su padre. No se sentía cómodo en aquella situación y tenía un apartamento en la ciudad al que se escapaba de vez en cuando.

Para un hombre de treinta y un años, casi treinta y dos, su vida social era prácticamente nula. De vez en cuando salía con alguna mujer, pero pocas de ellas comprendían sus exigencias. Dirigir el impresionante imperio familiar era para él todo un privilegio y también una maldición. Ni siquiera recordaba la última vez que se había sentido unido a una mujer, ya fuera emocional o físicamente.

Pero hacía aquellos sacrificios con agrado. Estaba orgulloso de lo que los Tarleton habían logrado.

Bianca

**Ella era tan pura como la nieve de invierno…
¿conseguiría redimirlo con su inocencia?**

LA REDENCIÓN
DEL MILLONARIO

Carol Marinelli

Abe Devereux, un carismático magnate de Manhattan, era conocido por tener el corazón helado. Así que cuando conoció a
Naomi, una niñera compasiva que estaba dispuesta a reconocer
la bondad en él, le pareció una novedad… ¡Igual que la intensidad de la innegable conexión que había entre ambos! Abe era
un hombre despiadado y quería que aquella tímida cenicienta
se metiera entre sus sábanas, pero ¿seducir a la amable Naomi
sería su mayor riesgo o su mejor oportunidad de redención?

Acepte 2 de nuestras mejores novelas de amor GRATIS

¡Y reciba un regalo sorpresa!

Oferta especial de tiempo limitado

Rellene el cupón y envíelo a

Harlequin Reader Service®
3010 Walden Ave.
P.O. Box 1867
Buffalo, N.Y. 14240-1867

¡Sí! Por favor, envíenme 2 novelas de amor de Harlequin (1 Bianca® y 1 Deseo®) gratis, más el regalo sorpresa. Luego remítanme 4 novelas nuevas todos los meses, las cuales recibiré mucho antes de que aparezcan en librerías, y factúrenme al bajo precio de $3,24 cada una, más $0,25 por envío e impuesto de ventas, si corresponde*. Este es el precio total, y es un ahorro de casi el 20% sobre el precio de portada. !Una oferta excelente! Entiendo que el hecho de aceptar estos libros y el regalo no me obliga en forma alguna a la compra de libros adicionales. Y también que puedo devolver cualquier envío y cancelar en cualquier momento. Aún si decido no comprar ningún otro libro de Harlequin, los 2 libros gratis y el regalo sorpresa son míos para siempre.

416 LBN DU7N

Nombre y apellido	(Por favor, letra de molde)

Dirección	Apartamento No.

Ciudad	Estado	Zona postal

Esta oferta se limita a un pedido por hogar y no está disponible para los subscriptores actuales de Deseo® y Bianca®.
*Los términos y precios quedan sujetos a cambios sin aviso previo.
Impuestos de ventas aplican en N.Y.

SPN-03   ©2003 Harlequin Enterprises Limited

Bianca

**¿Se resistirá a su escandalosa proposición...
o sucumbirá al placer?**

SU INOCENTE CENICIENTA

Natalie Anderson

Gracie James se moría de vergüenza cuando Rafael Vitale la encontró. ¡Se había colado en su lujosa villa de Italia! Y después no había sido capaz de negarse a acompañarlo a una fiesta exclusiva a la que estaba invitado.

Le bastó con ver la peligrosa intensidad de su mirada para saber que estaba jugando con fuego. Aquel playboy solo le prometía a Gracie, que aún era virgen, una relación temporal, pero ¿iba a poder resistirse a la fuerza de su sensualidad?

DESEO

Tenía que salvar la boda de su hermano…
¡Sin enamorarse de un extraño!

Romance prohibido

BARBARA DUNLOP

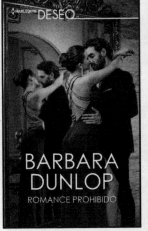

Layla Gillen tenía que poner el máximo esfuerzo para evitar que la futura esposa de su hermano le dejase, pero se entretuvo pasando por la cama del magnate de los hoteles Max Kendrick y descubrió que el hombre que había seducido a la novia de su hermano era el hermano gemelo de Max. Así que Layla tenía que escoger entre traicionar a su hermano o negarse a sí misma una pasión que le estaba prohibida. Y Max podía llegar a ser muy persuasivo…